ゆるやかな時間

柗原喜久子

ゆるやかな時間　目次

Ⅰ

Ⅱ

Ⅲ

Ⅳ

V

ゆるやかな時間

装画・挿画　大島國康
装幀　田中悦子

I

散ってこそ桜

立春を過ぎて、日射しが元気を増した。

光は人を誘うので、特別の目的がなくても、ちょっと歩いてみたくなる。

桜の木のあるところを選んで歩く。

寒い間、木々は手足をつっぱるようにして、素っ気なかったのに、枝先に小さな小さな棘《とげ》のようなものをつけている。

芽吹きの種。

私は密かに呼んでいる。

通るたびに、遠目でもわかるようになる。

並んで立っている辛夷《こぶし》は、一足先に蕾がふくらんでいる。

楽しみもいっしょにふくらむ。

棘のように見えた桜の枝先は、通るたびに、芥子粒、胡麻粒、米粒となり、はっきり花芽とわかるようになった。

私の散歩の身なりも軽くなる。

雨もよいの日が二、三日続いたあとには、それが薄紅色にほころびはじめている。

寒い日は、武骨い男性の姿で木枯らしに抗していたのに、今は恥じらう乙女のよう。

私は、この恥じらう風情の蕾の先が色づいた頃が好き。記憶の奥の少女みたい。


今年の春は、大急ぎで咲きはじめたのに、また寒い日が戻り、花冷えの夜も続いて、花どきが長くなった。

二分咲き、三分咲き、五分咲きと嬉しい手招きが続く。

昼下がりの、峠越えした女ふたり連れのお花見は、お城。ただただ歩くだけ。

「今日がいちばんの見頃ね。蕾もたくさんあるから七分咲きかしら」

枝垂れ桜の蕾は固い。

「もう一度、来週も来ましょうか」

「ええ、是非に」

と頷き合うけれど、きっと難しかろう。

彼女は遠くの姑の看護もあり、私にも少々の用はある。それでも、それらはみな飲みこんでしまう。

「楽しみ上手になりましょう」

が、互いの今の合いことばである。

お城の翌日は、誘われて川辺の桜も観た。

外出帰りはタクシーを奮発して、桜の道を廻ってもらう念の入れようで、桜三昧。

道々、入学式帰りの親子連れに出会うと、心の奥まで桜色が染みる。

長男の入学式の日は満開で、次男のときは、花吹雪のなかであった。送り出してくれた姑も懐かしい。

最近は、季節の巡りが速くなって、入学式より卒業式の日の花のようで、私は不満である。桜は入学式、が頑固者の私のイメージ。

そのうえ、今年の桜は長くて、あのお城では、二週間が過ぎてもまだ咲き続けていたそうだ。待ち受け、追いかけた桜だけれど、あまり長い開花に不安になる。

「このままドライフラワーにならないかしら」

昔は一気に萎れてしまっていた紫陽花が、近年は立ち枯れてドライフラワーになる。それがそのまま花材にもなっている様変わりが、嬉しくない。

「ねえ、舞い散ってくださいな。花吹雪になってくださいな」

と願う。

「三日見ぬ間の桜」と詠まれ、「絶えて桜のなかりせば」と、あの道長さまも詠まれたではありませんか。

散り際の見事さが武士に例えられもしたのにと、待った桜が散らぬと、文句を言う私。

勝手、勝手である。

追いかけた桜に疲れ、散らない桜に不満を持って籠っていたら、しっかりと舞い姿も見せないで、なし崩しの葉桜になっていた。

でも、ドライフラワーにならなくて、よかったこと。

結ぶ雫、落ちる雫

今日も雨。

体力に自信のあった若い日、子育てや介護に追われた日、雨降りは恨めしかった。

でも、今は、雨も好き。

埃っぽい道路や街が常よりしっとりとして、行く人の足どりも少しだけ遅くなる気がする。

それが嬉しい。

雨には、人の急ぐ気配を薄くする力があるのかもしれない。その薄められたリズムが今の私には快い。

喧騒の日々を、だんだんに卒業してきた私は、夫とのふたり暮らし。所帯も小さくなっているので、雨の日は、普段の家事のあれこれをみな放棄放念することにした。

いちばんの放棄は洗濯であるけれど、その他のことごとも、薄暗さに隠して知らんぷり。

好きな庭での草恋い花恋いも、窓越しに眺めるだけとなる。庭のなかにかがみこむと見えなかっ

郵 便 は が き

料金受取人払

名古屋東局
承認

866

差出有効期間
平成19年
6月30日まで

461－8790

542

（受取人）

名古屋市東区泉一丁目15-23-1103

ゆいぽおと

ゆるやかな時間係行

このたびは、『ゆるやかな時間』をご購入いただき、誠にありがとうございました。今
の参考にさせていただきますので、お手数ですが下記の質問にお答えください。

●この本を何によってお知りになりましたか。

A　新聞・雑誌の広告で（紙・誌名　　　　　　　　　　　　）
B　新聞・雑誌の書評で（紙・誌名　　　　　　　　　　　　）
C　テレビで　　　D　ラジオで
E　書店で見て　　F　人にすすめられて
G　小社のＤＭで　H　学校で　　I　その他

●お買い求めの書店名

市町
区名　　　　　　　　　　書店

●この本の価格はいかがですか。　高い　適当　安い

●この本をご購入いただいた理由を教えてください。

(

愛読者カード　ゆるやかな時間

この本のご意見・ご感想、著者へのメッセージなどをお書きください。

版目録や広告などに掲載させていただいてもよろしいでしょうか？　可　・　不可

住所　〒

TEL(　　　)　　　-

名前（ふりがな）

年齢

歳

校名・学年または職業

男　・　女

今後、新刊情報などのご案内を差し上げてもよろしいでしょうか？　可　・　不可

ありがとうございました

たこともあって、

「あそこをもう少し」

などと、次の楽しみが見つかることもある。

ポストまでの外出も先に延ばして、食材も残り物で智恵を絞ると、「あら、まあ」の新発見の味覚を喜ぶこともできる。

ゆっくりのお茶の味も冴えて、湯気の立つカップを持ちながら、

「花瓶を変えてみましょう」

とか、

「そろそろあの飾り皿を出そう」

などと思いついたりもする。

いつもは用があって開ける文箱《ふばこ》を、こんな日は用がなくても開けて、ご無沙汰をしている顔を浮かべて便りを楽しむこともある。

なんだか常にはない時間が湧き出てくるようで、時計の針までゆっくりに思われる。

文箱があるのは、二階の私の机の上。机は窓際で、目の先に大王松の枝々が見える。

大発見！

あら、葉先の雨の玉は螢みたい。

放射状に垂れた長い針のような葉の先のひとつひとつに、雨粒が玉になって宿っている。

それがかすかな風に揺れると、葉先を離れる。

ひとつ、またひとつ。

落ちた葉先には、また新しい雨粒が丸く溜まる。その丸い玉は透き通っていて、空中に離れるとき、螢のように見えた。

結ぶ雫、落ちる雫は、いつまで眺めていても飽きることがない。

わが家のガードマン

「かゆーい」

「すごいですねえ」

「わあっ、どうなってるんですか」

「これはすごいや」

「何か特別のことがあるのですか」

みな、わが家の蚊に驚いてのことばである。

今どきこんなに蚊の多いところはない。ということで、仲間うちでは要注意の特別地に指定されてしまった。

「ここは寒い季節だけ安全ですね」

のことば通りで、光ではじまった春が木も草も起こすと、少し続いた雨の後、草恋い花恋いの庭で挨拶を受ける。

「あら、もう」

足もとと首筋をチクと刺す。

その後は、梅雨もこれからというのに、一匹、二匹の可愛さではなく、もわっと庭中に現れる。夏を迎える雨をみな味方につけるようで、どんどん元気を増す。

子どもの頃よく見たのは、身体に縞模様の大きな蚊であったが、今のわが家の蚊には縞はない。黒に近い墨色集団で、奇襲攻撃に長《た》けている。

小さな住まいで、門から玄関までわずか十数歩なのに、その間にも攻めてくる。

「ここでの立ち話は蚊が多いので危険ですよ」

と注意しても、

「すぐですから」

と甘くみた方は、

「やられました」

と憮然と帰られる。

「上下水道完備の市内でどうして?」

と言われるけれど、原因がつきとめられない。

なかには、

「防犯上蚊を飼っておられるのですか」

と見事な冗句を言われた方もある。

ほんとうに、こんな庭では潜んで中を窺《うかが》うことなどできないであろう。私は密かに「わが家のガードマン」と呼んでいる。

朝一番に新聞を取り入れるのは夫で、行き戻りのあっという間に攻められて、

「あんたが水ばかり撒くから蚊が育つ」

と機嫌が悪い。

ほんとうかもしれない。

点検を頼んでも、発生源となる水溜まりはないし、消去法でみれば、草花への私の散水が有力である。

芝の間や、木々草々の間で育てているのかもしれない。

鉢植えの草花はとりわけ夏の陽が苦手で、すぐ首を垂れ、私は朝晩水を与えたい。

「お待ちどうさま。さあどうぞ」

夫が何と言おうと水を撒く。

帰りが遅くなった折りなど、着くなり着物も服も脱ぎ捨てて、

「ごめんなさい。お待たせ」

と散水するので、

「甘やかすから弱くなる。少ない水に対応する体質にすればよい」

と、夫は冷たいことを言う。

「なるほど、飼いならす、ということですか。私も飼いならされたのですか」

と、心の内でつぶやき、わが身をふり返って納得する。

それでも、

「よく咲いてますね」

などと声をかけてくださる方に、

「家内が好きで育てています」

と気をよくしているのだから、ずるい。

夜の散水は腰に携帯用蚊取器を下げて武装する。

「わたしならそんな程度じゃすまないな。あんたはよほど美味しくないんだ」

と勝ち誇った口調。

口惜しいけれど、それはほんとう。

子どもの頃の夕涼みでは、家族でいちばんのターゲットとなっていたのに、大病の後、好まれなくなった。蚊に美味しくない体質に変わったのかもしれない。

私がわが庭の蚊を寄せつけないようにするには、どなたか一緒にいてもらえばよい。

蚊は必ずその方を好むし、たまに攻められても、私はどうも痒みが少ないようである。

そんなことを孫に告げたら、いちばんにターゲットとなるのを口惜しがって、

「ちょっと刺して、『ああ、まずい』と急いでやめるからかなあ」

「痒くなるエキスを注入する前に『しまった』と逃げ出してしまうのかなあ」

などと言う。

決まった勉強は大嫌いなのに、去年の夏休みに「くすぐったい感覚の不思議」という作文を書いた。他人にくすぐられた時はくすぐったいのに、同じことを自分で自分にしてもくすぐったくないのはなぜかを考えたもので、みな「ばかばかしい」と笑ったけれど、実は私は大いに楽しかった。

蚊と私の関係も、孫の言い分が案外当たっているかもしれない。

朝顔一輪

七月十九日。一番咲きは赤紫であった。

今朝一輪咲いた朝顔のことである。

都合があって今の家に仮住まいをはじめて夏は八度目。草恋い花恋いで庭の楽しみは重ねてきたのに、朝顔を育てようという発想は、どうして抜けていたのであろう。

花の苗を商う店の前で足をとめると、二葉の次の葉を見せた朝顔の苗が手招きした。

「お久しぶりでしょ、咲かせてみませんか」

と誘いかけている。

亡き母は、自分の部屋の南の一面に、見事に朝顔をのぼらせていた。もっと昔は、朝顔を育てるのは祖母の楽しみで、私の記憶に濃いのは、種とりの手伝いであった。

夏の間楽しませてくれた花が終わって、緑の小さな実を結び、毎日大きくなる。葉がちぎれたり枯れたりして、つるも黄色くなって見栄えが悪くなる。

「まだやよ。まだあかん」

祖母は実の点検をくり返し、すっかり茶色く乾いて、はじけるところができたら、

「さあ、手伝ってちょうだい」

と声をかける。

私は、ちょっと触れただけで黒い種が三つ四つとこぼれるようになった実を握り取って、祖母の両端をつまんで構えた前かけの中に放りこんだ。

「おおきに、おおきに」

の祖母の労《ねぎら》いは、手伝う私へではなくて、よき種を作ってくれた朝顔へであった。

「また来年みごとに育って、ええ花見せてくれますよ。この種蒔くのは、八十八夜を過ぎた頃や。覚えておいてなあ」

「ふうん」

「来年も種蒔き自分でできるかなあ。花は見られるかなあ」

次の年の準備をしながら、そこに自分がいるかどうかを案じていた祖母の気持ちが、今はよくわかる。

母は、そんな祖母のあとを引き受けて朝顔を育てていたのだと思い至ると、忘れて暮らした日々

がなんだかもったいない。

一念発起で居間の東側窓際に、夫とふたり眺めて楽しむ場所を見つけて、今年はその苗を植えた。祖母も母も種から育てたことを思うと、苗を求めての手抜きが後ろめたい。

「こちらが新しい種類ですよ」

と、日焼けした笑顔で商うおばさんが勧めてくださったけれど、

「昔ながらのにいたします」

と、最近は人気のないという懐かしい種類を選んだ。巨大輪朝顔の表示には、色によって番号がついている。私が選ばなかった人気の新種は、花も小さめで、つるも短く、小さく仕立てるのだそうである。

どんどんつるを伸ばし、繁ったなかに大輪をつけるのが祖母、母とつながる私好み。

すぐに葉を増やし、苗は元気に育った。

つるを伸ばしはじめると仕事ができる。

祖母がしていたように、取り置いた荷解きの紐を割り箸に縛りつけて地面に挿し、窓の桟へと張る。

「おはよう」「おやすみ」

と声をかけて水を与える。

宙に伸びたつるの手を、紐にかけてやる。

「放っておけば好きなところに巻きつく」

と、夫は言い放つ。

「つるの手までとってやるのは過保護だ」

と、もう少し若い日であれば、容赦なく言ったであろう。

わかっているけれど、

「ほらほら、こちらこちら。ここに巻きつくところがあるでしょ」

と、久々に育てる相手を得て、私の気持ちは放っておけない。

しばらく一本の紐を伝ったつるは、途中からも分かれて新しいつるを伸ばす。

そうだ、母も祖母も網の目のように縦横に紐を巡らせていたと思い出して、まねる。

つるは伸び葉は繁って、ソファに腰かけると、ガラス越し、レースのカーテン越しに、緑がちろちろと揺れて嬉しい。

「こんなに楽しいこと、どうして忘れていたのかしら」

見つけておいた蕾が緩んで、昨日の予想通り、最初の一輪が今朝咲いた。

心のなかで、母や祖母に告げる。むろん、出かける前の夫には、

「ほら、ほら、ここ。最初の一輪が咲いたのよ」

と、レースのカーテンを開けて自慢した。

人との思い出につながるから楽しみが大きいのであろうか。

そして、少しだけお世話が多く要るから楽しいのであろうか。

まだまだ小さな楽しみはいっぱい残っていると気づく。

「来年も楽しむことができるか」

の祖母のことばは、そっくり自分の気持ちとなる。

母もそうだったのか、こちらは聞き忘れてしまった。

メダカの輿入れ

「どうぞ召し上がれ。美味しいですよ。これ今日の輿入れのケーキです」

「？」

「あのね、わが家で生まれた子メダカがお輿入れしましたの」

「ああ、飼ってくださる方がいらしたのですね」

「ええ、素敵な住まいが用意されてね」


体温を超えていそうな暑い日の夕刻のこと。若い人の訪れは嬉しい。お昼にメダカを迎えに来てくださった方の手土産のケーキをすすめる。

輿入れ先は、メダカ鉢を用意して迎えてくださった。オークションで入手されたという。今頃はそのメダカ鉢に新しい住まいを得て、心地よく泳いでいるであろう。

玉の輿である。

わが家の子メダカたちの住まいは、本来は火を入れるはずの古火鉢に水を張ったもの。小さな門から玄関までを少しそれた木蔭に、暑さを避けている。そこに私は日に何度屈みこんで、メダカと過ごしているであろう。

朝一番は、門まで夫を送り出した後、

「おはよう」

と声をかけて覗く。

私の頭で水に影ができ、そこへ木もれ陽が当たって揺れる。

目が慣れるまでメダカの姿は見つからない。

水面が落ち着くと、ホテイアオイの隙間を、ピュアーッ、ピュアーッと飛び出すような泳ぎ方をする。

はじめに卵からかえったのは、もう二センチくらいに育って、頭に目玉をのせて泳いでいるみたい。小さいのは、まだ五ミリくらいの糸のようで、先に黒い点がついている。

私はこの夏、すっかりこのメダカたちの親になってしまった。

昨年の秋、思わぬ縁でメダカがわが家にやってきた。

「原種のメダカです」

と、心の準備もないまま差し出されて、

「ああ、大丈夫。発砲スチロールの空箱に入れておけばいいですよ」

と、私の不安を先取りして添えてくださった。発砲スチロールは、暑さ寒さにも具合がよいそうである。保温、保冷の容器に使われていることを思えば納得できる。

けれど、そう言われても実は私、この発砲スチロール箱が大嫌い。ゴミ処理も大儀であるし、時折りあのなかで育つ草花を見ると、素焼きの植木鉢をプレゼントしたくなる。これは私の独断。

バケツで一夜を過ごした後、深い信楽の甕《かめ》が住まいとなった。

体長二センチほどの主《ぬし》は、甕の色が濃く深いのでよく見えない。数を当たらないで宿替えをしてしまって、何匹いるかも不明である。添えてもらった餌を指先でつぶしながら浮かせると、目玉をしょったようにして浮き上がってくる。

メダカの名の由来が、確かめずとも知れた。

「扶養家族が増えました」

と、知人にふれて、冬は寒かろうと陽当たりのよい場所に移し、ポチポチ指先で潰したくなる包装用緩衝材で二重に覆った。

潜って寒さを凌いでいるのか、姿を見せない。

氷点下の予報の朝、心配をして覗くと、不安は的中し、表面の薄氷と一体になって、三匹も凍死していた。

けれど、春を迎えたら二まわりも大きくなって、姿を見せるようになった。

「メダカは元気ですか」

声をかけてくださる方もできた。

「ホテイアオイを入れていますか。気温が二十五度を超える日が続くと、その根っこに産卵しますよ」

と教えられ、急いで調達。

卵が見つかったら親から離さないと、食べられてしまうという。厳しいこと。

やがて、二十五度を超える日が続いて、来る日も来る日もつまみ出して見るが、卵らしきものは見つからない。

「辞書もルーペのお世話になるのだもの。私に見えないだけかもしれない」

と、当てずっぽうにバケツの日なた水に一株移しておいた。

三日、四日、何ごともなし。

諦めていた一週間目、何やら動く気配がある。

「もしや」

と、バケツを居間のテーブルに持ちこんで、目をこらす。

揺れていた水がおさまると、
いる！

点のような目に半透明の糸より細い三ミリほどの子メダカがいる。

一匹、二匹、三匹……、わあ、たくさん。

この快挙、なんとしよう。

息をつめたり深呼吸をしたり、日がな一日眺めて暮らした。

「ほら、ほら」

と、誰彼に告げるが、

「どこ、どこ」

と、気のない人にはわからない。

わが家でメダカが誕生した！

眺めて、眺めて、眺めて、まだ飽きない。

何年も庭の隅に伏せたままであった古火鉢を木蔭に据えて、子メダカの新居とした。

「おはよう」

ではじまるメダカ三昧の日々のはじまりであった。

今や私はすっかりメダカの親。雨が降っても照りつけても、いとしのメダカが気にかかる。


「ケーキ、美味しかったです。そのメダカ鉢ご覧になりましたか」

の問いに、

「ああ、見たい」

織部の陶製のその鉢は、泳ぐ姿がよく見えて、底近くに水を替える栓があるという。そこから小さなメダカが流れ出ないかと案じたが、栓は上を向いていて、大丈夫だそうである。

「近く実家の親として、婚家にご挨拶に参りましょう」

と、また楽しみが増えた。

「たかがメダカが増えただけではないか」

などと、どなたにも言われたくございません。

木蔭が恋しい

「ふおっ、暑いこと」

どこを歩いても、夏の陽射しは容赦をしてくれない。

「歩くのが好きですから、車には乗りませんの」

は、運転のできない負け惜しみである。

今日はその負け惜しみの元気も萎《な》えて、横を過ぎる車が恨めしい。

日傘を深くして陽射しを避けても、歩くたびに照り返す熱気が、足もとから攻めてくる。

木蔭はどこでしょう。

街中のビルの谷間を歩いているのなら、諦めもつくけれど、閑静な住まいに沿った道。塀の内には立木も繁って、蝉の声も聞こえているのに、木蔭がない。

私の子どもの頃は、家々の塀を越えて、遠慮なく枝が伸び、蔭ができていた。

恨めしく日傘をはずして見上げると、道に沿った塀のなかの木々は、外に伸びる枝だけが、付け根で思いきりよく切られている。内側に伸ばした枝々は、絡み合うように伸び、夏の葉が色濃く繁っている。切られた痕は痛々しい。脇から小さな新芽を見せているのもある。

「痛かったでしょうね」

と、わが腕をなくした気分になる。半身を失って、不自然である。

あの枝が道まで伸びて繁っていたら、木蔭を作って、道行く人を助けたであろう。木蔭でひと休みすると、過ぎる風、揺れる葉の音を聞いたかもしれない。

思っても詮ないことである。

それにしても、いつからこんなふうに、道へ伸びる枝は邪険に扱われるようになったのであろう。

思い出したことがある。

桜の枝が道を覆うほど伸びていて、そこは私の楽しみな道であった。

芽吹く折り、蕾をのぞかせる折り、花咲く折りはむろんのこと、花吹雪を浴びるのも至福のときであった。用を足すのに遠廻りし、用がなくても散歩に出かけた。

秋の落ち葉は帰り道の土産の品で、辞典の間に挟んで栞にし、手紙に潜めて楽しんだりもした。

けれどある夕刻、その道を通ったら、頭上はすっきり空へ抜けて、道を覆っていた枝がない。古

木の桜は、生け垣の内側に小さく納まってしまっている。切り痕の年輪が無惨であった。花吹雪を浴びて通った折り、

「お見事ですね。ここを通るのが楽しみです」

と、竹箒を手にした婦人に声を掛けたら、

「花が散り、萼《がく》が落ち、秋には葉が落ちて苦情ばかりです。体力が追いつかなくて」

と笑まれた。私より少しお年を召した方であった。

ああ、これはその結果と思い当たっても、得心はいかない。

少しくらい花びらや萼や落ち葉が道を覆っても、よろしいではありませんか。

「少しではありません」

「下水が詰まったらどうしますか」

「落ち葉は滑るのですよ」

「風に乗ってあちこちの庭も汚しますよ」

近々は、相対する声も想像できるようになってしまって、私は自分の声だけで暮らせなくて辛い。

遠い日は、向こう三軒両隣り、どこのゴミとも落ち葉とも詮索せずに掃き清めていた。今は何だってどこかへの苦情としてしまう。

紅葉を待たずに枝打ちを終える街路樹の難も、同じ理由ときいている。

他所さまの庭の花が咲いていても嬉しい私は、人の許容範囲の狭くなっていくのが、寂しくて不安である。自然を残そう、自然を大切にの大合唱とどこで結びあうのであろう。

わが家から少しもはみ出すことならじと、木々の半身を切り取ってしまい、道にはクーラー、エアコンの室外機の熱気も加わって、風が吹いても熱風が足もとから昇る。

木蔭が恋しい。

青虫とひよどりとカラス

鮮やかな緑いろ！

速い、速い。

残暑のアスファルトを這う、体長が十センチもありそうな肥った青虫。


梅雨明けを待ちきれずに咲き出したのうぜんの花が、今年は雨が少なかったためか、二度目の花をいっぱいつけた。九月を迎えて、その花もようやく終いと思った昼下がりのこと。

繁った葉の下に、直径が五ミリもありそうな黒い玉がたくさん落ちていた。

この上あたりにきっといる。

黒い玉は揚羽蝶の幼虫の糞で、毎年こののうぜんの葉を好んで現れる。

大きな糞をこぼすのであるから、食欲も旺盛で、放っておけば一晩で二、三本の枝を、すっかり食べ尽くしてしまう。

このあたりと見当をつけて目を凝らす。

見事な保護色で武装しているから、簡単には見つからない。葉裏にいるのは、葉脈のような線模様もつけて、まるで葉のなかに溶けこんでいるようである。茎にいるのは、茎の形状に身を添わせ、その一部になり切っている。

年毎の智恵くらべで、だいたいの見当はつくようになった。

「きっとこのあたり。見つけてみせますよ」

いた！

隠れんぼ上手は、いちばん細い枝先の茎と重なって、風に揺れていた。

「お見事。でも、今回は私の勝ちですよ」

ぷるりとよく肥っている。

隣の大きな枝は、茎だけ残って葉は見えないから、すっかり彼か彼女のお腹に収まってしまったのであろう。

背中の細い線描き模様が見事である。こんな近くで目を凝らしてやっと見つかるのであるから、空から眺める鳥たちには、葉の一部としか見えないであろう。

わが庭の木々の葉をことごとく進呈して待てば、見事な揚羽蝶がたくさん生まれて、庭中を舞うことになるであろう。

けれど、木々をすっかり食い荒らされて、十センチもある青虫に、庭中わがもの顔に這いまわられてはかなわない。蝶となって舞うのは、運よく老いの目を逃れたものだけに願おう。

「あなたは観念願います」

心を鬼にして、枝を折る。

折り取った小枝は頼りなくて、青虫の重みが、ふうと手に伝わった。

「さて、これをどうしましょう」

たいていは紙袋に入れて草むらまで運び、雑草のなかに放つ。いつも責任逃れをしているようで後ろめたい。

迷っていると、家のなかで電話が鳴った。

門扉の外側にそっと置いて、電話に向かった。

「間の悪い時の間違い電話ですね」

と引き返すと、小枝だけが残って青虫がいない。

「どこっ!」

目の先四方を探す。

「まあ、あんなところまで!」

見事な緑色の身体を、縮めたり伸ばしたりしながら、アスファルトの道を三分の二ほど進んでいる。脇道ではあるが、車が通らないかと心配する。

残暑に焼けたアスファルトにぴったりとはりついて動くのであるから、火傷しそうで、逃れようと急いでいるのかもしれない。

速い、速い。

それにしても、アスファルトのグレーと、這い進む虫の緑色は、みごとなコントラストである。

得体の知れない感動が湧く。

目が離せない。

「あっ!」

落ちるような速さで、黒いものがその上に降りた。

黒いものはひよどりとわかったが、次の瞬間、ひよどりは虫を残して飛びのいた。

青虫は、体長を半分くらいに縮めて動かない。

一呼吸の後、悠々とその上に降りたのは、カラスであった。

カラスは、動かない青虫をくわえて、急ぐ様子もなく電線で一休みをし、口先に緑の点を見せて、西空へ飛び立っていった。

アスファルトの鋪装の道は、残暑のなかでなんの変わりもなく照り返し続けている。

夢であったのか。

感触として私の手には、枝にとまった青虫の重みがまだ残っているのに、青虫がいたという痕跡はもうどこにもない。

天敵の下に、いちばん目につくように運命づけたのは私である。

わが庭の木々の葉を一気に食べ尽くす青虫は、一瞬にひよどりの目標となり、そのひよどりはカラスにはかなわない。

自然界の一幕。

わかっているつもりであっても、日常の街の暮らしのなかでは、強烈で鮮やかであった。

夕焼けは熱いかしら

「夕焼けは触ったら熱いかなあ」

遠い日の祖母のことばである。

沈んでいく太陽を追いかけて、西空一面が赤く染まる。その前に浮かぶ大小の雲は、西側が赤く、もう一方は紫に染め分けられることもある。

雲が密なときには、その影を映しながら、光が放射状の帯となってのびたりもする。

眺めても眺めても、飽きることがない。

赤い帯は、ゆっくり西へ引っぱられていく。引かれながら細くなり、伴う雲の襞《ひだ》の姿を変えて動く。眩しさが遠ざかる。息を止めたまま、見とれている。

私の夕焼け好きは祖母ゆずりである。

「今日もみごとな夕焼けや。見逃したら惜しい」

と孫の私の手を引き、

「夕焼けに触ったら熱いかなあ」

と、目を細めていた祖母。

私もけっこう調子のよい孫で、夕焼けを背にシルエットとなって飛ぶ鳥を見つけると、

「おばあちゃん、ほら、あの鳥、羽が火傷しないかなあ」

などと調子を合わせて、祖母を喜ばせていた。互いにばかなことをと言いあわないで、同じように楽しみの種を育てていたことを、懐かしく思い出す。


「陽のあるうちに帰っておいで」

と、中学生高校生になってもくり返されていたので、私は今でも夕暮れどきは心がせく。帰りの遅い夫ゆえ、待つ人もいないのに、

「はやく帰らねば」

と足早になる。そんな急ぎ足も、茜色に染まった夕焼けにはかなわない。もう少し、もういっときと見とれて時が止まる。

映画や絵画のなかの夕焼けは、海や山や丘や林と自然のなかが多い。私は最近そういう夕焼けを少し卒業して、建物の後ろに沈む夕陽、夕焼けの魅力を覚えた。染まった夕焼けを背中にしょって

影絵となったビル群を、離れて音のないところから眺めるのも悪くない。

「あのビルは熱くないかしら、火傷しないかしら」

心の内でつぶやいて、祖母との時間を取り戻す。

コート

木枯らしが吹いて
はじめてコートを着るときが好き
少しずつ寒さに向かってきた身体に
ある日、重いコートをはおると
ぎゅっと抱きしめられるよう
コートを着た身体は
冬の足音と同じリズムになる

春が巡って
重くなったコートを脱ぐときが好き
少しずつ重くなっていた身体から
ある日、重いコートを捨てると
ふわっと宙に解き放たれるよう
コートを脱いだ身体は
春の足音と同じリズムになる

Ⅱ

抜けたトンネル

大家族の楽しみは、子どもの頃から十分に享受してきた。最後はふたり静かに、趣味を柱にした暮らしもよいかもしれない。

間もない夫の定年は、漠然とした私の楽しみになっていた。親のつとめ、子のつとめも終えて、わが身の大病という試練もあったけれど、それらを果したればこその「老い暮らし」の夢を描くことが楽しかった。

ところが、

「えっ、何ですって？　どうして？」

という事態が降ってわいた。うろたえている間に大きなうねりがじわじわと囲いを狭め、何をどう抗《あらが》ってよいかも知れないまま、思案はすれども脇道は見つからず、時ばかりが速く流れて過ぎた。

どこで何がどう決まっていったのか、私は今になっても詳しいことはわからない。

夫は、二百二十万都市の舵取りを担うこととなった。

「あなたはこの地のファーストレディ」などと言われても、「はあ……?」ととまどうばかりで、身の置きどころがわからない。棘のようなものが、いつもチクチクと責めてくる。どのようにして、この思い描くこともなかった人生を受け入れたらよいのであろう。

私が頼れるのは、あの体験ただひとつ。

終戦の時を、私は満州という植民地で迎えた。植民地というのは、作った側には都合のよい恵まれた暮らしであったから、その分、終戦時の逆転も大きかった。それまでの何もかもを無条件で捨てて、流れに身を添わせ、ただ「命ひとつあれば」を合いことばに、流民にもなって抜けてきた。今は、またその体験を思って受け入れるより仕方がない。

「あの時も、親がかりながら何とか乗り切ったではないか」

とくり返す。何ごとも角を立てて抗うことのできない優柔で不断な性格を、あらためて思い知ることにもなった。

立ち止まることも、思案する暇もなく、夫とふたり漕ぎ出した未知の暮らし。

待ってはくれない仕事に取り組む日々の中で、夫は自分を微調整していったにちがいない。

私はとまどいながらも、人には何も変わらぬ部分があると、少しずつ気づきはじめていた。

寝て、起きて、食事をして、目の前に待つ何かに取り組む。中身が大きく変わっても、その基の部分は変わらない。

「行ってらっしゃい」

「お帰りなさい」

も変わらないし、私にとっては、掃除も洗濯も変わらない。食事の仕度だって、相手のいないひとりの折りは増えたけれど、みなくり返し巡ってくる。

「私の主婦の部分はちっとも変わってなどいない」

それは、安堵であり、逃げ場所であるとも気づきはじめた。けれど、そういう気持ちに逃げこむタイミングが遅かったのか、身体に異変が起きた。

突然の激しい頭痛と呼吸困難。脳外科通いの古傷があるので、身体への不安と不信が増幅する。救急車のお世話にもなって、病室で過ごすと症状は軽くなる。けれど、治ったかに見えて、また襲う。

「お風呂に入りましょう」

看護師さんの優しさは嬉しい。

「何かあったら呼んでくださいね」

と、病棟のお風呂は救いを求める方法もある。鼻唄も出そうな気分で向かうのであるが、浴槽にひと足つけるとまた襲う激しい頭痛。何度も症状は現れるのに原因は掴めない。どんどん自分が壊れていくようで不安になる。

以降、人前に出る前、何かある前に鎮静剤に頼り、眠るために薬のお世話になる。そういう騙し騙しの暮らしのなかで、喘息が出たり、肺の奥の血管が切れて吐血したり、風邪を治めようとして血糖値が異常になったりと、自分で自分の日程も思うように組めなくなった。

「約束しても大丈夫ですか」

と案じられ、

「しばらくお見かけしませんでしたが、また別荘でしたか」

と問われたりする始末。別荘とは病室のことである。二十一世紀を迎えたのも病室であった。けれど、抜けないトンネルはない例通り、四年以上もかかって、誘眠剤その他の薬の力は借りているが、鎮静剤の常用はなくなった。あの時は、身体が老人への切り替え時のきしみと重なったからかもしれない、と思うことにしている。

今から思えば、急な暮らしの変化を、

「大変ですね」

「大変でしょう」

と案じてくださる方々の声が、慣れぬ暮らしのなかで大合唱となって響きあい、じわじわと身を包んで、

「私は大変なのだ」

と、自縛してしまっていたのかもしれない。

そのために、新聞もテレビも夫に関するニュースがあれば、みなわがこととして一喜一憂で暮らして、自分で息苦しくなっていた。

日々を重ねてわかったことであるが、記事も画面もある面だけの切り抜きである。夫の全人格を踏まえてもいないし、捉えてもいない。そのうえ、事柄の全体を見通してのものとも限らない。意図を持ってある所を切り取れば、

「そういう見方もできるのですか」

と、気づくことも多くなった。あまつさえ、ニュースは興味を引かねばならない宿命で、善意ばかりで捉えれば興味を薄くするという構図も学んだ。

「○○のことがありましたよ」

「○○と言っている方があります」

「あれはこうですよ」

「これはああですよ」

と、提言、助言をしてくださる方も多い。

普通に暮らせば、自分の暮らしという窓口ひとつで世間と向き合うのであるから、そこで見たもの、知ったことはみなもっともとなろう。けれど私は、立場が変われば見方も違うということがわかった。そうとわかれば、いちいちの反応はむしろ無責任である。

「ひとつひとつの事柄にとらわれては全体は見えない」

と、部分は全体の一か所の大事と受け入れ、目先で動じない夫を、長い観察の末信頼できるようになって、気持ちの揺れが小さくなった。

夫が忙し過ぎて、「大変だ大変だ」と私の身体の異常を騒ぎ立てず、さらりと好きに暮らせるよう仕向けてくれたのにも救われたと思う。

相伴をして帰宅をすると、今も必ず、

「ご苦労さん」

と労《ねぎら》ってくれている。

わが身の力を緩めて交われば、新しい交友も広がって、未知の事柄に出会うのは楽しみに変わっていく。本当にわからず、はかり知れないのは、ふたりで向かっていく老いの先であろう。けれど、わからないことは、楽しみなこと。尽きない興味を持ってのぞもうと思う。

奥様は花遊びがお好き

女中さんと呼んで、戦前家族の世話をしてくれていたお手伝いさんは、おまつさんといった。子どもの遊び相手も上手で、私は大好きであったが、

「何かておまつさんを頼ってはあかん。だらしなくしてってはあかん」

が祖母の口癖で、

「だらしない家族やと思っても、おまつさんは誰にも口にできんのやから」

と、くり返した。これまた問うのが癖であった私は、

「なんで?」

とくり返し、

「他人さんの家のなかに入って仕事をする人は、その家のなかのこと、見たり聞いたりしたことを外にしゃべらんのが決まりや。そやから言いとうなるようなこと見せたら罪や」

と。そんな説明の深い意味など子どもにはわからない。それでも、くり返されたことばは、身体

の奥に沈んで残った。

お手伝いさんという人は、仕事先の家のなかのことは決して外では話さない意志の強い人と思って育った。

ところが、昨今テレビに登場する家政婦さんは、仕事先の家のなかのことごとに興味津々で、あまつさえ身をのり出す勢いのドラマもあって、私はこの年にして混乱している。

「月に一度くらいは家政婦さんを頼んで掃除だけでもしてもらえばどうか」

と、体力の減退、外でのあれこれの増えた私を、夫は気遣ってくれる。ところが当の私は、掃除を頼む家政婦さんのために前もって掃除をして迎えねばならないような気がして、すくんでいる。

勝手なもので、庭先のあれこれ、草引きや花がら摘みなどは「やらねばならぬ」などと思わず、「やりたいこと」として、日々暇と体力の折り合いをつけて楽しむ。今年もボタンの花が四本の木で三十五も咲いた。アネモネもたくさん咲いたし、半日蔭に移したスズランも群れを広げて嬉しい。

そのスズランは花が終わっても緑の葉が可愛くて、遊び心を誘う。思いつきで小さなティーカップにオアシスを入れ、庭に次々咲く小さな花、マーガレット、ミニバラ、デイジー等々を、ちょき、ちょき短く切っては挿し、そのあしらいに使ったら、「なんて素敵」となった。これが病のようになって、伸びた巻きつげ、アイビーなどもあしらう。しなう形が味つけとなる。

「素敵、素敵」

玄関の下駄箱の上、食卓、テーブルの上はむろんのこと、書棚の隅、トイレのなかまで自己流フラワーアレンジメントだらけ。以前皮細工を楽しむ方の家を訪れた際、玄関マットからスリッパ、ティッシュの箱、鉢カバーと皮細工いっぱいで圧倒され、

「やり過ぎはだめね」

と思ったことを忘れてはいないが、止まらない。

「みなわが家の庭で調達したものばかりです」

と添えるのも嬉しくて、ついに知人への手土産にもしてしまった。見せられる人も、受け取る人もそのうち辟易《へきえき》されるであろう。

「うちの奥様はいいかげんな花遊びだけで、そのほかはずいぶんな手抜きなのですよ」

家政婦さんを頼んだら、きっと言われるにちがいない。それとも、

「まあ素敵、私もやってみたいわ」

などと喜ばせてくれるかしら。

頼んでもいない家政婦さんとの仮想の会話をして、今日もわがペースで暮らす。

メダカにも傘

雨の翌日は、傘干しではじまる。

チェックの大判は、古くなった夫の傘。

黒地に花が散っているのか、紅色は私のもの。

もう一本、銀色に見えるグレーの傘は、わが家のメダカのものである。

不思議がられるであろうが、秋になってうちのメダカは傘をさすようになった。


一年前、メダカは突然家族に加わって、木蔭に住まいを構えた。

本来は火を入れる火鉢に、水を張っての一戸建である。

風がそよぐと木もれ日をちろちろ映し、ホテイアオイが揺れる。ホテイアオイが揺れて水が動くと、メダカの泳ぎが速くなる。

陽射しの強い夏の間、半日蔭であっても油断はできない。うっかりしていると、水は空気に持ち去られて、水位が下がる。

メダカの居住部分が狭くなる。

この夏は家族が増えているから、互いに狭くはないかと心配した。毎日のようにバケツで日なた水を作り置いては足してやった。

秋を迎えて、台風が来るようになると、水は減らずに増えるようになった。

日なた水を作る労がなくなったと安堵していたら、雨の翌日異常が起きた。

絹糸のように細い身体に黒い点をつけて、子めだかが何匹か浮いている。子どもの頃、小川に足をつけてメダカの群れと遊んだが、昇天した姿を確認した記憶はない。

誰彼に様子を告げても、

「それが自然の淘汰」

と素っ気ない。

きっと、その通りなのであろうが、

「お元気ですか。ごきげんよう」

と、毎日餌を与えている私は辛い。

雨水の影響も心配であるし、増水して流れ出はしないかと気にかかる。

とうとう雨が降り出すと、メダカに傘をさしかけるようになった。
おかげで、よく降った後でも水位は安定していて、メダカの子どもたちも元気である。
やれ安心と胸をなで下ろしていたら、次の不安が現れた。
「傘に当たる雨音がストレスにならないかしら」
どうやら、すっかりメダカの母親の気分である。
餌を持って近づくと、私の足音を聞きつけて、水面に集まって待っている様子である。
メダカに耳はあるの？
聴力はあるの？
夫に告げてみたいが、
「あんたはほんと、気楽でいいねえ」
と、返事がわかってしまっているので、じっとがまんをしている。

タクシーの運転手さん

「どちらまでですか」

「○区の○○までお願いします」

車の運転ができない私は、日頃公共の乗り物愛用である。

けれど、最近になって、遅くなった帰り道にタクシーを使う贅沢を許されている。

「襲われるよ」

の息子たちに、

「襲われるほど若かったら嬉しいこと」

と憎まれ口を返してきた。

今は、頑固者め、という顔で、

「老婆がターゲットだよ」

などと脅される。被害にあってからでは、注意してくれた世代にこの先お世話になれないと、弱気になる。

「では、メーター入れさせてもらいます」

近頃の運転手さんは丁寧である。会社によっては、

「ご乗車ありがとうございます」

のことばといっしょに、名を告げられたりもする。

走りはじめると、バックミラーで乗客の様子を見ているのであろうか、どうも私は話しかけられやすいタイプとみえる。

天候気候の話からはじまって、世相、風俗、デパート状況、道路状況、プロ野球からオリンピックまでが話題となる。

乗り合わせた運転手さんを延べにすると何人くらいかしら。レパートリー豊富で、相手をする私は、「もうけっこう」の気持ちになる。

「最近の若い女の娘はね、真夜中でも街のなかで遊んでいますよ。親はどうなっているのかね」

と話しかけられ、

「私たちの頃は門限がありましたよ」

などと、うっかり話に乗ってしまうと、

「そうでしょ。みんなそうだったよね。うちのお袋なんか……」

と、見ず知らずの運転手さんのお母さんの身の上話まで聞かされる。結びはたいてい「厳しかったけれど、いいお袋だった」となるので、「もうけっこう」と封じたりできない。

新しくできたブランドショップの横を通ったときも、

「お客さん、もうあのお店へ行きましたか」

と聞いてくださった。

「残念ですけれど、もうそういうものにあまり関心がないんです」

と封じたつもりが、

「そうですよね。今の若い娘はあんな高い品買うのに、食べてるものは案外粗末ですよ。親も甘いしね」

とか、

「自分じゃ買えないから、中高年のおじさんに買わせたりするそうですよ」

などと教えてくださる。

答えに詰まっていると、

「自分の奥さんには買わないのにね」

と加えられたりして、ますます相づちも打てない。

雨が降りそうで急いで乗ったタクシーの運転手さんは、

「奥さん、傘の用意がありますから」

と安堵させてくださる。その上で、傘を乗客に貸した折りのエピソード、駅での置き傘の行方、結末、昔の迎え傘の情愛へとテンションが上がる。

いつか野球のドームの近くを通ったときなど、

「野球はお好きですか。どこのファンですか」

と尋ねられ、夫とのテレビ観戦も多いので、つい、

「○○○○よ」

と答えてしまったから、さあ大変。

リーグはじめからの経過、選手のあれこれから、先の見通しに至るまで熱弁をふるわれ、疲れてしまった。

それなのに、もうあの信号を曲がればまもなく自宅と気を許して、

「そうですか」

などと、うっかり合いの手を入れてしまった。おかげで、料金を払って降りるまで、いっそう早口で、海の向こうに渡った選手の状況を聞かねばならないおまけつきとなった。

そういえば、まだ孫が小さかったとき、いっしょに乗ったタクシーの運転手さんのなかに、

「民謡よろしかったらお聴かせしましょうか」

と、申し出た人がいて、

「ここで唄ってくださるの」

と、孫の手前優しい声を作って言ったら、嬉しそうにお国自慢の東北の民謡を披露されてしまったことがあった。

調子の良さは孫も負けていなかった。一曲終わったところで、パチパチと拍手をしたので、

「もう一曲いかがですか」

と、さらなるサービスを申し出られ、さすがに、

「ありがとう、今日はもう十分です」

とお引き取り願った。

今や、タクシーの運転手さんの親愛の情は、いささか負担で恐怖でもある。

そこで、疲れた様子を装って、眠ったふりをしていると、降り際に、

「お客さん、お疲れのご様子ですねえ。お気をつけてくださいね」

などと親切なことばをかけられる。なんだか自分が嘘つきになったようで気が咎める。

「私って話しかけられやすいタイプかしら」

と、夫に告げても、笑っているだけで、ちょっと馬鹿にされているようで口惜しい。

私が好んで乗る会社のタクシーは、助手席の背後に運転手さんの名前、営業所といっしょに趣味の欄も示されていて、ご本人の顔写真も載っている。

なるほど、乗客はいつも後ろ姿を眺めているのであるから、いいアイデアである。

降り際ふり返られると、後ろ姿とぴったりの人の良さそうなお顔であったり、後ろ姿からは遠い強面《こわもて》であったりも面白い。

けれど、今日乗ったタクシーの運転手さんの趣味はカラオケで、マイクを握って気持ちよさそうな上半身の写真であった。

「危ない」

と、私は思わず眠ったふりをしてしまった。

いが栗頭の泣き声

「危ないわよ」

思わず足を止めた。

目の先を走ったのは、三、四歳の男の子。栗のいがのような頭が可愛い。

幹線道路を外れた道は、車の通りも少なくて、走り過ぎる折り、道脇の草の匂いを運んだりもする。

雨上がりのポストからの帰り道。

駐車場から道へつづく金属の板は、雨に濡れると滑りやすいことを、私は経験知でわかっている。

いが栗頭の幼い男の子は、身体中の力を全開の様子で駆けていく。

ああ、あそこで滑らなければよいと思う私の願いはむなしくて、止める間もなく、足をとられてしまった。

少し大きい女の子を連れた子どもの母親が、私の後に続いている。「あっ」と思っても、おせっかいおばさんにはなれない。

滑らせた足をそのままに、声を上げて泣き出したいが栗頭は、母親をふり返っている。泣きながらの目は、母親にこれを機会にと甘えている。けれど、母親はその目を受けとめないで、

「何やってるの！　そんなところ走るからでしょ！　また洗濯物が増えたじゃない」

と、甲高く吐き出す口調で、ぷいと顔をそらして行き過ぎた。

上げた手の下ろし場所を失ったように、いが栗頭は、今度は目を伏せ、口をへの字に曲げて泣き続ける。滑った足より心が痛かったのかもしれない。

「大丈夫よ。立って！」

などと声をかけたくなってしまう。

「だめだめ、私は母親でも祖母でもないのよ」

と自分にブレーキをかける。

私が小学校にも上がらない頃であるから、遠い日といっても、かすむほどに遠い。

祖母といっしょであった。どこに行った折りの往きか帰りかは忘れてしまったけれど、あの頃、雨上がりにはどこにでもあった水溜りを、ひょいひょいと跳び越えながら歩いていた。

「水溜りの端はぬかるんでるから滑るよ」

と何度も途中で聞かされていたけれど、子どもの楽しみは、おとなにははかれない。

いくつかの水溜りをひょいと越えた拍子に、かかとがつるんと滑って、お尻は水溜りのなかに落ちた。短いスカートははね上がって、下着は泥水のなかである。

「痛かったか。けがはなかったか」

と尋ねた祖母は、

「雨上がりのそういうところはよう滑るよって、危ないことがわかったな。ええ勉強したわ」

と、泣きたい気持ちの私を、つるりと眺めて、

「スカートも下着も洗ってもらうだけや。ただし、お母さんに『お願いします』いいなはれ」

と、笑んだ。

なんだって一枚ずつ、たらいに洗濯板で手洗いの時代であったから、「お母ちゃんに悪いことしたなあ」と思ったけれど、ほんとほっとした。

何をどう比較するわけでもないけれど、泣き続けるいが栗頭に、やっぱり何か声をかけてはいけなかったかなあ、と思いながら、祖母を懐かしく思い出していた。

その間もずっと、母親の甲高い怒った声と、泣き声が続いていた。

怪獣ドーナツ

「わたくし、昔怪獣作っていましたの」

「?」

「好評でしたのよ」

「?」

私は人さまをちょっぴり困惑させるのが好きみたい。

怪獣と私の接点を探って、聞いた方は思案をされる。

「あのう、縫いぐるみですか」

と、たいていはおっしゃる。

「ドーナツです」

「はっ、ドーナツ?」

と悩みが深くなられる様子。

昭和四十年代前半、子どもたちが園児や低学年の頃であった。

おしゃれなケーキ屋さん、ベーカリー、デパ地下も今とは違い、ペコちゃんの立つお店が何より魅力の頃である。

食べること大好きの上、欲深な私が、子どもたちの食べ物作りが趣味という時代であった。

子どもには珍しさとボリュームが必須条件で、食パンも一本買いをして、三センチもあるトーストにジャムを飾り付けたり、三層四層のサンドイッチに挑戦したりもした。

食べ手の勢いは作り手を育てるので、私は学びの機会を増やして、パンやケーキもせっせと焼いた。丸いスポンジケーキに、クリームを絞り出して飾るのはむろん、チーズケーキにシュークリーム、エクレア、マドレーヌ。

思えばお菓子作りお母さんの先駆者でもあったのに、レシピ嫌いはお菓子作り、パン作りの最大の欠点で、子どもが育つと同時にみな放棄してしまった。今では作り方も覚えていない。

そうそう、おやつにおいなりさんというのも、意表をついて好評であったと思い出す。

そんななかで、特別思い出に残っているのがドーナツ。

ホームセンターやデパートで、お菓子作りの道具や器具がいっぱい並んでいるのを見つけると、放棄しているのに足が止まる。あの頃は何だって十分ではなかったから、ドーナツの型抜きも智恵くらべであった。私は、平らに延ばした生地を、大小のブリキの茶筒の蓋で抜いていた。けれど、残った周囲や円の中央は、くり返し練り直しても残ってしまう。欲深としては口惜しい。

そのうちに、平らに延ばさないで、十センチくらいの縄状にし、くるりと両端をつないで輪にして油に落とす方法を思いついた。これは、ひとつひとつに表情ができて、いかにも手作り風で気に入っていた。欠点は、常に手が汚れている状態なので、途中で電話が鳴ったりしたらさあ大変。額が痒くても掻けない。そのうえ、何を作っていても小鳥が餌を待つように、

「まあだ？」

の催促ばかり。

ついに私は、ねばねばの生地を、カレーライスを食べるスプーンで掬《すく》って油に落とした。すっと油のなかを鍋底まで沈んだ種は、ぼわっと膨らんで、小爆発の様子で浮き上がる。

大きいの小さいの。丸いの角ばったの。角が生えているようなものもあって面白い。大皿に半紙を敷いて盛り、粉砂糖を茶漉しで振ったら出来上がり。

「ドーナツじゃなかったの」

と、不満気な顔。

「いいえ、ドーナツです。特別製怪獣ドーナツ。よく見て！　何に見える？」

子どもの目が輝いたのはむろんのこと。

「あっ、これは〇〇〇」

「こっちは△△△だ」

賑やかだったこと。

怪獣ドーナツは、その後しばらくわが家のおやつの定番となった。私はできるだけ奇妙な形をめざして励んだ。

あのドーナツを卒業して、何十年になるのだろう。

子どもの幼い日の思い出話が楽しいのは、老いの身だけであるから、すっかりおじさんになっている子どもたちには話さない。

栗きんとん

「まあ、みごとだこと」

山で暮らす方から栗が届いた。季節を告げる品は、幸せな気分も道連れにして届く。

三つ四つとテーブルに並べて、色や艶などまず目を楽しませる。

絵筆が自在であったら、楽しみはもっと増えていたのにと、無為に過ごした長い年月が惜しい。

栗ご飯に、茹で栗に、でもまだ余る。

体力と相談して、忙しく動くことは避けているので、時間は増えた。

そうだ、栗きんとんを作ろう。

子育ての賑やかな頃、手軽に手に入るさつま芋を茶巾しぼりにして、芋きんとんを作って好評であったと思い出す。栗きんとんは、母と祖母の共同作業を、ほんの少し手伝った子どもの日の記憶を辿らねばならない。

まずはたくさんの栗を塩茹でして笊に盛る。次に実を取り出す方法を思案。

茹で栗を包丁で真二つに切って、スプーンですくって食べる応用編にしよう。二つに切り分けた栗の山は、ひとかさ大きくなった。

スイカやメロンを食べる折りの、先のギザギザしたスプーンですくい出す。粉状にしたいのであるから、崩れるのを恐れることはない。気楽にスプーンを使うが、力が余ると手もとで粉となって散り、小さなひとつひとつから実を取り出すのは、思いのほか骨が折れる。

使い慣れたボールに半分ほど溜めるのに、どれほどの時間を要したか、時計とにらめっこをしていたのではできない作業であった。

それでも、最後のひとつを終えて、積み上がった殻の山を見たときは壮観で、よく頑張ったと満足であった。

日曜日の午後は、珍しく夫もいて、

「ほら見て、栗の実こんなに取り出したの」

と、自慢せずにはすまされない。

和菓子を黄色く染めるのはクチナシの実を使うと聞き知っていたけれど、そのまま十分きんとんの黄色である。

栗の実のなかに和三盆を加え、甘味を引き出す隠し味に塩をひとつまみ。これは、おはぎやぜんざいを作る折りの智恵。
擂《す》りこぎで潰していく。ボールでなく擂り鉢にして当たればよかったと気づくが、溝に埋まった分を取り出せなかったらもったいないと、都合のよい理屈をつけて、
とん、とん
叩いたり、
ぐり、ぐり
廻したりして粉にする。
乾燥状であったのが、和三盆を混ぜて力をかけると、だんだんしっとりと固まってくる。ペースト状になってきたところで、ピンポン玉より小さく丸める。
むろん味見にと口に入れることは忘れない。
美味しい！
ほんとうに美味しい！
最後に、丸めた栗の実を、濡らした茶巾でしぼると、おみごと、立派な栗きんとんの出来上がり。
実を取り出す作業を除けば、あっ気ないほどの簡単さ、単純さであった。
子どもの喜ぶ顔が見たくて作っていたシュークリームやショートケーキを思えば簡単なもので、

見映えも悪くない。本来おはぎやきんとんは、誰もが作った家庭の品であったと気づく。

出来たてに熱い煎茶を添え、むろん自慢も添えて夫にすすめた。

「これはうまい」

の感嘆。

まあ、嬉しいこと。

裏漉しなどせず、つぶつぶが残っているのもかえって美味しい。
○○の栗きんとん、△△の栗きんとんと、求めたりいただいたりで有難く、美味しく味わっていたけれど、栗と和三盆だけの単純な自家製の美味しさにはかなわない。
混じり気なしの自家製など、かつては当たり前であったのに、いつのまにか手間暇かけることを厭《いと》って、商品の味に馴染んでしまってきた。人手を渡る時間を思えば、保存料も防腐剤も入るのが当然で、その分純な味から遠くなるのも自明のこと。なんでも「手作り」と表示はあっても、それは他所《よそ》さまの手によるもの。

総菜はみな自家製で暮らしてきたけれど、わが手で味わえるこういう味覚を、長く手放してきたのは惜しいこと。残りの時間も、わが腕を振るえる時間も限られているのだもの。「製造元わが家」の品を増やしたいと、今日はとても殊勝な気持ちでいる。

寄り添いたい音

「さて、どの曲がいいかしら」

掃除機使用の折りだけは不都合であるが、アイロンがけも、台所で牛蒡をささがく折りも、洗濯物をたたむのも、ＣＤをぽんと押して仲間に加えてきた。春はピアノ曲、秋はヴァイオリンの少ししのび泣くような響きが好ましいなどと。

「あなたの守備範囲は広いなあ。タンゴもシャンソンも映画音楽も、ですか」

と揶揄《やゆ》する夫は、遅いお風呂で「津軽海峡冬景色」を口ずさんでいることもある。

いつのまにか家事との相性もできて、アイロンがけはヴァイオリンかピアノの小曲。なぜか牛蒡のささがきをするにはカルメンの前奏曲がいい。うふっ！

ウインナワルツは光りが春になる頃が一番の相性で、コートを片づけたり、薄いブラウスを手近に出したりの気持ちを弾ませる。

そういう暮らしをずいぶん重ねてきたのに、最近はどうしたことか、バックグラウンドミュージックが欲しくない。音のないのが快くなった。道を歩いていても、乗り物にのっていても、常に何かが耳に入って、音から解放される暇がないからかしら。

人の声も音楽も、途切れることなく耳に流れてくるのが厭わしい。気がついたら、家でのひとり居、ほとんど音なしで暮らしている。

音なしの台所で、食卓を机代わりに書き物をしていると、冷蔵庫のモーター音に強弱のあるのに気づく。

びゅあーん、びょーん

ほかの音といっしょになれば、忘れられるか耳障りな雑音であるのに、私は自分の居る空間の閑かなのにほっとする。こうして、日に日に音のない時間が好きになる。

甲高い声の絶え間ないおしゃべりも厭わしい。人が居ないのに機械の合成音での案内や、電子音の音楽が流れているのも疲れるようになった。

「あら、それではもうコンサートにも行かれないのですか」

と言われそうであるが、いいえ、いいえ、それは今も好き。今宵はコンサートと予定のある日は、目覚めたときから心が明るい。特に最近は、指揮者や楽器のパート毎の奏者の誰か、ソロを受け持つ人、そんなひとりに自分を添わせて聴いていると、身体のなかを音が巡るようで、

「いいなあ」

と、その気持ちを抱いて帰り、抱いて眠る。

家でも、「ゆっくり聴きましょう」とソファにもたれたり、ベッドに入ったりして聴くのは好き。

ただ、〇〇しながらのバックグラウンドミュージックを、少しだけ卒業しそうである。

テレビもラジオもCDもつけないで、アイロンをかけていると、庭に降りてくる鳥の囀り、夏の蟬の声、秋はじめは虫の声も、輪郭まで聞こえる。外に吊るしている簾が、小さな風に遊ばれる音も聞こえてくる。

そういうのが伝える静かさ閑けさが嬉しくなった。

昔は、家のなかでもトントンと包丁の音、シュワーッと湯気の立つ音、引き戸の最後のピシャッと閉じる音、雨戸を繰る音、打ち水のしぶきの音がした。外遊びの子どもたちの声も届いた。

騒音との境目は何かしら。

その音に自分が寄り添う時、音はよい音、快い音になるみたい。

ぜいたくの裏側

まあ、美味しそうだこと！

昼下がりの美容室。豪華な婦人雑誌を眺めていると、これでもかの美味、珍味、美食の数々に出合う。世界の有名ホテルのシェフの帽子は高く、ディナーはテーブルセッティングも眩いばかりである。日本の味も、海辺や山里の宿、歴史の町の名料亭と、しつらえも器も美しく、ご馳走がいっぱい。

ふうっ。ほっ！

これは私のため息。

美味しそう、豪華、おみごと。

けれど、しばらく楽しんでいると、私の気持ちの奥に、じわり、なんだかおさまりの悪いものが持ち上がる。

これはなに？

これはなぜ？

どこかで似たような気持ちを味わうことがある、と巡らしてみる。

そう、と思いあたる。

最近のデパートの地下の食料品売り場。デパチカと呼ばれるところである。食べることの好きな夫との暮らし。食べることはむろん、作ることも嫌いでない私は、そのデパチカへ、近くのスーパーを横目に、時折出かけるのは楽しみ。

最初は魚売り場。わが家のメインディッシュはたいてい魚で、切り身になっていない、パックに入っていないものが目当てである。処理のないお頭つきは、包丁を構えたとき、さあ、の気持ちが盛り上がる。

嬉しいことに、高級魚の仲間入りなどといわれても、おなじみの鯵、鯖、鰯は一盛りとなって手招きする。

鯵は塩焼きを楽しんだり、残りを塩水にくぐらせて、陰干し風干しの自家製干物に変身させたりする。ふたり暮らしに鯖二尾は多いとお困りの向きもあるようだが、わが家は平気。それぞれ二枚か三枚に下ろして、すぐは塩焼き。酢でしめたり、味噌や味醂と醤油に潜ませたりは後日のお楽しみ。鰯の日は、昆布を敷き梅干しといっしょにコトコト煮る。あとは手開きで空揚げにして野菜いっぱいのマリネも美味しい。

次は豆腐売り場。寄せ豆腐に、黒豆、枝豆の豆腐、つるつる美肌の都風絹ごし、田舎風の固いもの、湯葉、みな魅力である。切り干し大根を煮たり、味噌汁の実にしたり、そのまま焙《あぶ》って削りたておかかと刻みネギに醤油をたらりも好きで、油揚げはいつもセットで求める。

今晩も食卓が楽しみ、嬉しいこと。

でも、すんなりのコースはここまでで終わる。

年々広がる食品売り場は、世界中からの食材食品、季節を越えた品々があふれている。

ここはどこ？　季節はいつ？

私は、右往左往の末、気力も体力も萎えてくる。

ぜいたくですね。

もうひとりの自分が責めはじめて、気持ちのおさまりが悪くなる。

どうやら、私のなかでは「ぜいたくなこと」は「うしろめたさ」を裏側に併せ持っている。

まだ給食のなかった焼け跡バラック教室の小学生前半の頃、昼休みに食事に帰ることが許されていた。芋がゆ、すいとんなどの代用食は、持ち運びに向かないことへの配慮であった。家に食べ物のない子は、川辺で時間を待って教室に戻っていた。

配給品以外は食さないと意志を貫いて、餓死をした公職者のニュースも記憶に残っている。

今は、国の内外から集まる食、季節を越えた食、お手間要らずの食があふれ、ひもじいどころか、巷《ちまた》はダイエットばやりである。かくいう私も、美味しい幸せをしっかり享受してウエートオーバーを注意されている。

けれど、外でのご馳走が続いたり、あふれる食材に出合ったりすると、何か悪いことをしているような、誰かに申し訳ないような、おさまりの悪い気持ちになる。

そんなうしろめたさとバランスをとるように、タクアン漬けにはじまって、わが家での食は季節のもの、手作りに励むが、

「まあ、現在ではいちばんのぜいたくですよ」

と言ってくださる方もあって、私はいっそう複雑な気持ちになってしまう。

Ⅲ

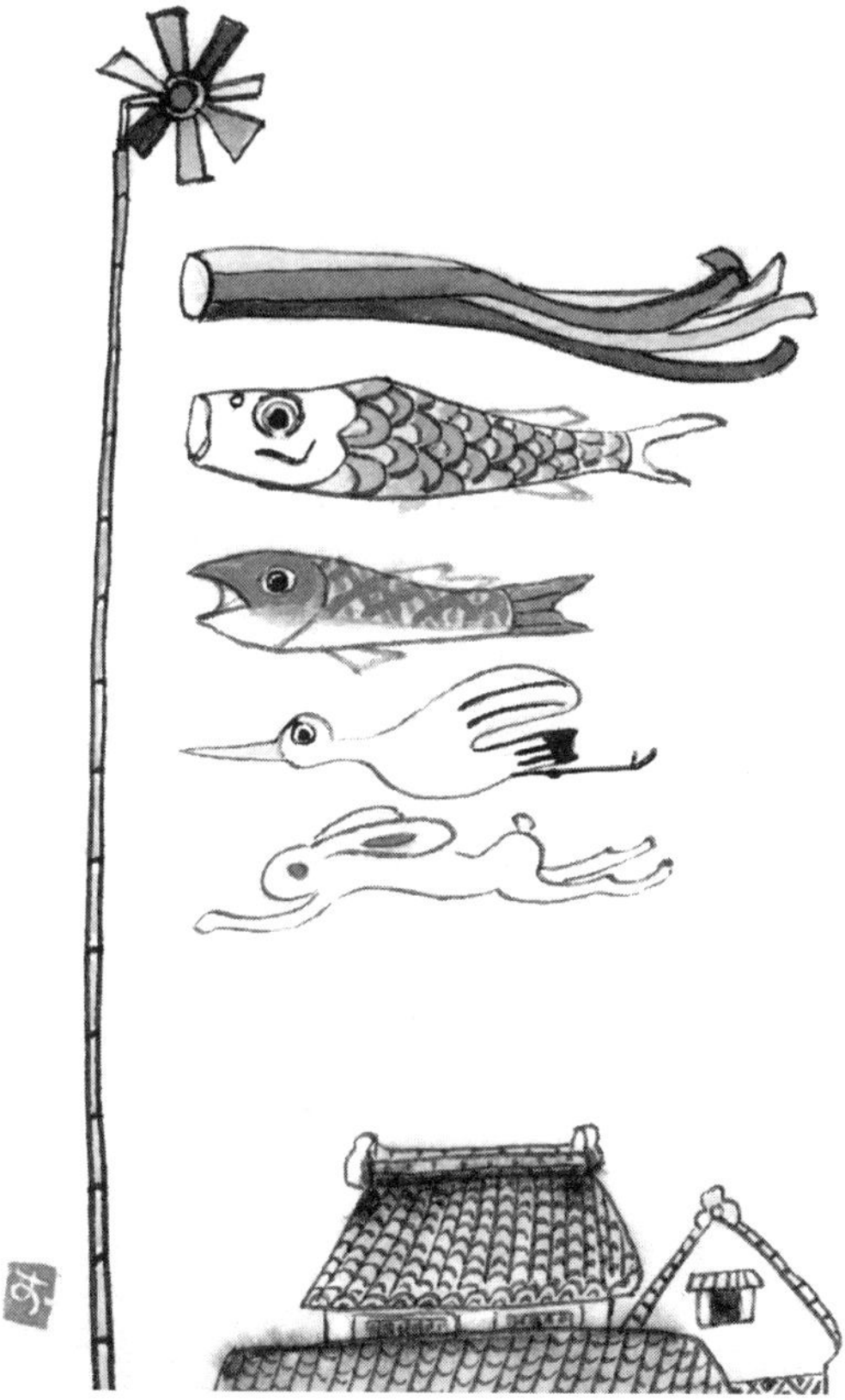

老いのことはじめ

俳句のお仲間に加えていただいた。

何年か前から、「一度お遊びでいかが」と句会へのお誘いをいただいていたが、みな遠くの声のように過ごしてきた。それが、「来月、ね、どうぞ」のお誘いに、どうした風の吹きまわし、ともいえない年来のお約束のような気持ちで出かけたのが最初。

ゲスト出席三度の後、「どうぞ」と誘ってくださるままに、すんなりとお仲間に。

何にだって臆病で、最初の一歩がなかなか踏み出せない自分が、こんなに簡単にと驚くほどの楽しみ方となった。

私は草も木も花も景色も、これをどう表現しようかと、歩き歩きことばにし、文章にして眺めてきた。それはいつも散文であったのに、近ごろは、五・七・五に詠んでいる自分を発見する。

加えていただいたお仲間は、みな軸になる暮らしを持っての「遊び」とおっしゃるだけのことはあって、誠に個性豊か。楽しんでおられる。

楽しい心は伝染するので、私も楽しい。

厚かましくも、『俳画入門』なるガイドブックを手に俳画にも挑戦した。

俳画とはいかなるものや、というはじめの一歩からはじまって、絵筆もはじめて持った。

目を閉じて、目の奥に残っている美しい景色、色彩、鑑賞した絵画、それらみなを浮かべる。

長年、ただただ好きで観てきた美術館での出会いも、じわじわと私の奥で盛り上がってくる。

それらを、えいっと自分のなかでひとつにまとめて、はじめての絵筆を運んだ。

墨をすって、俳句を添える。なまいきにも持ち合わせの落款《らっかん》を押す。

「なんて稚拙なんでしょう」の出来上がりを承知しながら、「でも、やったわ」と思う。

何もかも一年生は、とても気持ちがよい。

暮らすことも、生きることも、長く続くと昨日からのつながりで、慣れてしまっている。何しろ、そういうことは七十年生も近い。はや鮮度に欠けていた。

そんな日々にこれまでなかった何かを一つはじめることは、新鮮なことと気づく。

稚拙ものものかは、初登校の一年生気分で楽しむ。

縁あって観てくださった方は、

「そのお年でよく新しいことをはじめられましたね」

と、みな口をそろえて言ってくださる。

そうなのだ、この年で何かをはじめるのはそれだけで、みなよしとしてくださるのだと気づく。

小さな子どもが何かをした折り、

「よくやったわねえ。いい子、いい子」

と言われるのに似ている。

「ふーん」

私は納得した。

この楽しさは、気軽さから来ているのだと。

残りの時間に限りがあるのだから、はや、周囲も自分も多くは期待をしない。

どれだけ何をどうしなくてはならない、という若い日のことはじめは、抱く夢が重いが、そういうもののない老いのことはじめは、ただただ楽しめばよろしい気楽さ。

来年も眺められるかしら、と思いつつ眺める花も景色も人も、みないとおしいので、ただただ思いをことばにするのが楽しい。

おまけに、このお仲間では、世間で死語などといわれる語が現役で、まだまだ見知らぬ美しい日本の言葉に出会わせてもらえるのも嬉しい。

名古屋の山車
長者町
宮町

素敵な先輩がたくさん

ほんとうにお元気。

背筋も伸び、身体全体が艶やかな先輩が多くなった。

「傘寿を迎えられたそうです」

「喜寿はもうとっくにと伺いました」

などと教えられても、お話ぶりだって壮年のようである。

親が短命で、妹も還暦を迎えるなり逝ってしまったから、老いは隙間風が吹くようだと感じていた。

けれど、嬉しいことに魅力的な方に出会う機会が増えて、

「老いもよろしいのね」

と思うようになった。

素敵にしている要素は何かしら。

こっそり観察を続けると、どうやら一番は行動力。行動力といっても、はや力まかせのところは

ない。どんなことにも狙いを定めて、そこへ向かうのに厭うことがない、というのが当たっているかもしれない。労を惜しまれず、守りの姿勢が見られない。

次は好奇心のようである。

好奇心も、試行錯誤であれもこれも、という時代はとっくに卒業されているので、標的に向かって爽やかである。

カメラを友とする方、音楽を友とする方も守備範囲を広げていかれる。

視点の定まっていない好奇心は、力にならないみたいである。

また、みな健啖家。美味しそうに召し上がるのも観察ずみである。

秘かな鍛練も、きっとされていようが、老いのマイナスを数えて暮らすようなところは、お見せにならない。

「楽しいですよ」が合いことばである。

労を厭えば食も細って、弱味を見せることにもなり、病や不運に狙われやすいのかもしれない。

そうそう。老い姿を素敵にする要素のひとつに、「忙しい」という気配をふりまかずに暮らすこともありそう。反対に、時間が余っていても「退屈」の気配をふりまいてもいけないみたいである。

上々を数える

「どちらのお庭からでしょう」

足が止まった。

着物でなかったら閉じて歩きたい細かい雨を、傘で受けて歩く。

沈丁花は、少し湿気のあるほうが匂い立つように思う。こぬか雨ということばもあった。

薄物のショールに替えた肩先は、重くも寒くもなく、今日は収まりがよい。

十五分ほどの坂道は、行きが上りで、帰り道が下りである。この道を、私は週一度着物で行き来する。

脱いだ草履の鼻緒が、人さまと並ぶとどうして形が悪いのかの謎は、この坂のためと解けた。今は帰り道、緒を挟んだ指の付け根に力がかかっている。

「ああ、沈丁花の香りはさきほどのお庭」

甘い香りが後ろに去った。

雨降りを厭っていたら、この香りに出会えなかったかもしれない。めんどうという気持ちを避けなかったのは、ほんとうによかった。

昔であったらなんでもなかったことが、「えいっ!」と掛け声をかけるような状態を作らないと果たせなくなっている。

この着物にはどの帯を、春を告げる帯揚げの色はどれ。

畳の上に畳紙《たとう》を広げて思案する。ありったけを出し切っても知れているが、洋服と違って組合わせは幾通りもあり、思わぬ発見もある。

それから、今日は雨コートも。

私の雨コートは、縦縞の紫のグラデーション。母ならきっと迷わずに「紫のだんだら模様」と言ったであろう。

それに、つまがけのある鎌倉彫りの下駄も揃える。今風な雨用草履というものもあるが、私は下駄。昔のものは歯の細い高下駄であったが、今は駒下駄につまがけされている。歯の裏がゴム張りになっているのは、舗装の道への配慮であろう。カチカチと響く音を気にしなくて済むが、ちょっと寂しい。勝手である。十年くらい前に鎌倉を旅した折り、大仏への参詣の道を少し外《そ》れた店で出会った。

そのつまがけも紫で、雨コートとは偶然の相性よしであった。

「雨の日は雨の日ならではを楽しまなくては」

と、わが身に言いきかせる。

「えいっ！」の掛け声状態を生み出すのである。

今日は、沈丁花の香りに出会えて上々。

上々を数えてはにんまりする。

何十年前ならば、知らぬうちにできていたこと、していたことも多くて、少しは口惜しい。でも、小さなことごとを拾い集めるようにして上々とにんまりするのは、老い力であるとも思う。

老い力は焦らず騒がずにもつながるから、私にとっては精神安定剤やビタミン剤の代役くらいは果たしているかもしれない。

口紅はこれ一本

「ごめんなさいね」

開封もしないで化粧品のダイレクトメールは屑かごへ直行させる。

「もうお化粧はやめたのですか」

と問われれば、

「いいえ、ちょっぴりはいたしますよ。おしゃれも嫌いではありません」

と答えている。

ただ、あれもこれもという時代はとっくに過ぎてしまった。

物不足で子ども時代を過ごし、「もはや戦後ではない」の声を聞いたのが大学時代。

欧米のおしゃれな文化が、雑誌や映画で紹介された。

八頭身美人にも、身のほどを忘れて憧れたし、流行のサックドレスなる怪しげなものもお試し済み。首相夫人がミニスカートの折りには、幼い息子ふたりを従えて、私もちょっぴりミニで白黒写真におさまっている。

パンツをはかない時代の外国映画の女優さんは、見ほれるファッションで、今も私の好みである。大学に入学した頃、通学の満員電車が苦痛であった私は、その苦痛をまぎらわせるのに、どんな組み合わせの洋服にどんな靴が似合うかと、買うあてもない空想をしていたことがあった。一本のベルトを求めるのに、デパートをいくつもはしごできた頃である。

海外旅行は一部の恵まれた人のものの時代で、お土産に頂戴した口紅や香水は、もったいなくて取り置くばかり。使わずじまいで気の抜けた香水もできた。

私たちの時代は、特別のおしゃれさんを除いて、お化粧は大人のすることであると暗黙の了解をしていたので、成人を過ぎての解禁は新鮮であった。

でも、あれがいいか、これがいいかの迷いは、若い日にこそ楽しいが、いつか卒業を迎える日が来る。

今は、「このあたりが私の安住の場所」という定位置が出来上がっている。

「口紅も服といっしょに着替えましょう」

というようなキャッチコピーもあったけれど、今の私はその反対で、決まっているのは口紅の方。気がつけば年を重ねた唇へのいたわりも兼ねたお気に入りが一色できて、そればかりを求めてはや五本目。脇目はふらない。

たまさか、素敵な容器のお土産など頂戴すると、若やぐかもしれないとちょっぴり浮気をしてみるけれど、鏡のなかの自分は落ち着きがなくて他人に見える。結局いつもの口紅に戻ってしまう。

口紅が変わらなくなったら、何もかもが簡便になった。売り場も直行、即決で迷うことがない。

それに、口紅が先に決まっているから、身につけるものも消去法で自然に決まって、こちらもとても楽になった。

「楽」は老いの大切な要素である。

口紅はほんの一例で、暮らしのあれこれも同じこと。気力、体力の減退で、あれこれ迷う楽しみは失ったけれど、迷いのない安定した暮らしは悪くない。

心乱すことも少なくなって、じたばたもなく、心身ともに省エネである。

こういう省エネは、無駄な時間をそいでくれるので、新しい身の丈に合った楽しみに取り組む余裕を生み出してくれた。

老い力のひとつである。

後ろがだめでも前があるさ

「そう！　その手があったのね」

テレビを通して眺めていたのは、古い洋画の場面。

女性はみな腰を絞ったワンピースかツーピース。あの頃は、秘境探検のような場面でなければ、女性のパンツルックは見られない。

可憐なヒロインの髪型は、長さをそろえて内巻きにカールされていて、なんだか嬉しい。

けれど、私が、

「そうそう、あれ」

と膝を打つ思いで目を止めたのは、部屋の隅でヒロインに話しかけながらふり返った年輩の女性。おばあさんなのだけれど、衿なしのワンピースから首がすっくと伸びている。ワンピースの老い姿がとてもチャーミング。中央にボタンがたくさんならんだ前開きであった。

背中でとめるボタンは、とうにあきらめてきたけれど、最近の私は後ろファスナーも苦手になりかけている。

寒い日には、

「頑固者」

とかけ口をきかれながらも、

「でもスカートが好き」

とパンツルックを拒んできた。

「飾りのない後ろファスナーのワンピースがいちばん好きなの」

などと愛用しているが、実は、着たり脱いだりがいちばん簡単であるのも魅力であった。

それなのに、簡単が難しくなってきた。

「もうちょっとよ」

今は、自分を励ましながら後ろ手に左手でファスナーを押し上げる。いっぱいの所まで上げたら、右手を肩から後ろに廻して、ファスナーの先端を引き上げる。

「もうちょっとなのに」

最近になって、送る左手と迎える右手の間が届きにくくなって、なかなかうまく上がらない。

「えいっ！」

と、首の後ろをつまみ上げて迎え入れなければならない。

「年をとると後ろファスナーは難しくなるのに気づいたわ」

と、以前何かの折りに外国暮らしのある友人に告げたら、

「ニーズハズバンドよ」

とおっしゃった。

「ふーん」

は心の内で、怪我や病気の折りでもなければ、わが家では難しい。

けれど、そういえば、いつか観た映画のなかでは、素敵なイブニングドレスに着替える妻が、

「あなた、お願い」

と、くるりと夫に背を向け、

「はいよっ！」

っとは言わなかったが、そんなタイミングで背中のファスナーを上げるシーンが確かにあった。

友人はその折り、

「ブレスレットもニーズハズバンドのものよ」

と教えてくださった。片手でもう一方の腕の金具を留めるのは難しいので、夫に腕を差し出して

留めてもらうのだそうである。

スキンシップ、互いの愛情表現のひとつであると言われてもねえ。

指輪、ネックレス、イヤリングの私にとっての三点セットは持っているけれど、実はブレスレットを持ってはいない。

「時計を片手につけたら、もう場所がないみたい」

と言いそうになって引っこめた。

「指輪もつけるときはひとつだしねえ」

の思いが、ついこの間も、両手にいくつも並べている人に出会って、自信がなくなっていたから。

お国柄、個々のお家事情も違うので、わが家で「ニーズハズバンド」を実践するのは難しい。

これまでなかったのに、いきなり老い姿がふり返って、

「あなた、背中のファスナー上げてくださる」

などと言ったらどうなるであろう。

映画のスクリーンをまねるのであるから、私とて、ちょっと声が鼻にかかっていたりするかもしれない。

こちらも、日々くたびれ顔の夫が、

「とうとう気がふれたか」

と案ずるのではなかろうか。

ふ・ふ・ふ。

とはいえ、いつか後ろファスナーをあきらめねばならぬ日が来ると、少し寂しくなっていた折りの、前開きワンピースの登場。

「後ろがだめなら前があるさ」

と、希望の灯がともる。

ブラウスはおおかた前開きなのに、気づかなかったとはなんたる迂闊《うかつ》。

そういえば、学生時代に前開きのチェックのワンピースを着ていたではありませんか。

不都合が迫らなければ、同じことにも目がとまらないのね、とわが単純さ、記憶力の低さも思い知る。

でも、いいの。

ここしばらく続いた「後ろファスナーが上がらなくなったらどうしましょう」の悩みは霧散。

「後ろがだめなら前があるさ」

の気楽である。

三文安かしら

「そんなの大変、ここは私の出番」

と張り切る。

今の子どもは、諺や言い伝えの類を、プリントして渡され、覚えるのだという。

「机の上、紙の上で学んだって身につきませんよ」

かつてのおばあちゃん子は、出番を喜ぶ。

私の祖母は、そういうことばを使うのが大好きであった。

桃を食べるとき、栗や柿を食べる折りには、

「桃栗三年柿八年ですよ」

と添えて、植えてから実のなる年数を話す。どこそこの実例も挙がるので、理解が早い。

私たち孫もだんだん心得て、口にする前に自分のほうから、

「柿は八年かかるのよね。おばあちゃん」

と先を封じたりしていた。

わがままや失敗を重ね、口さきだけで「ごめん」とやり過ごそうとしても、

「仏の顔も三度です」

と封じられ、

「油断したらあきません。河童でも流されるのです」

とさとし、

「何もせんのにいじめられた」

などと訴えた妹には、

「そんなことはない。火のないところに煙は立ちません」

と厳しかった。

最近は、なんだってすぐに忘れてしまうのに、そういう身につき方をしたことは、場所に出会うとひょいと出る。

「プリントで覚えなくても、すりこんであげましょう」

と、チャンス到来の折りは、孫を相手に知ったかぶりをする。

「婆さんの趣味で色づけられたら、今の世は暮らしにくくなるよ」

と、偉そうに息子は忠告してくれるけれど、子に従うには「もう少ししっかりしてからおっしゃい」と心の奥でつぶやいて、無視をする。

孫のほうはけっこう調子がよくて、「ふん、ふん」とうなずいて聞く。

案外、先方は子守りならぬ婆さん守りをしているつもりなのかもしれない。

先だって、

「季節に先がけて初ものを食べたら寿命が延びるよ」

と添えて、孫の口を喜ばそうとしたら、

「ありがとう」

の後で、

「おばあちゃんは寿命が延びるという実感があるでしょ。ぼくはまだ延びると言われても、寿命という実感がない」

と言われてしまった。

そうであろう、なかなかいいことを言う、と婆ばかになって納得した。

教えるつもりが教えられる楽しみもある。

小さな楽しみは、ひょい、ひょいと落ちているものである。

祖母は、

「おばあさん子は三文安い」

も自ら教えて、

「そやから私は三文安にならんよう、厳しうしてますのや」

とくり返していた。

優柔不断とあきらめをくり返して暮らしてきた私は、やっぱり三文安いのかしら。

人の年輪

「まあまあ、姿のよい方」

若い歌舞伎役者の襲名の舞台は、華やか、晴れやかである。

若さ、初々しさ、清々しさは、みな鋭角のイメージである。

身近から鋭角の部分がだんだん消えているので、なんだか眩しい。眩しくてちょっと痛い。


遠い学生の頃、ゼミの先生の勧めで、何度も歌舞伎鑑賞に通ったことがあった。お供をしたことも懐かしい。

けれど、「犬のおまわりさん」を歌って暮らした時間が尾を引いて、長らくご無沙汰が続いた。

老いは、忘れていた楽しいことを連れてやってくる。

「忘れていました。またよろしく」

と快い時間が戻ったけれど、役者さんの代替わりがあって、襲名の折り毎に、

「あの方のお父さまが〇〇さん」

「△△さんは、もと□□さん」

などと、翻訳のような作業をしている。

それでも、過ぎた日の楽しかったことに、また会えるのは嬉しい。

昔は学生割引の遠目であったが、今は老い力で、花道を眺める楽しみも増えた。

若い役者さんの脚が、衣裳の間からチラと見える折りの、引き締った美しさにはっとする。所作のぎこちなさも、若さと重なると、大向こうの掛け声を誘っている。その呼吸も嬉しい。

けれど、いちばん魅力的なのは、脇をかためる年を重ねた役者さんの所作と声。鋭角の角が削れて、余裕をことばにのせて届けてくれる。撥ね返るところがなくて、胸の奥まですいと通る。人の年輪は素晴らしい、と思う一瞬である。

現代の仙人でしょうか

「まあ、一歩も出かけなかったわ」

そんな日が時々できた。

テレビも観ていない。

雨で溜まっていた干し物を出さなかったら、留守の家に見えたかもしれない。

小さな所帯になると、追われるような家事もない。

「たまには自分だけの時間が欲しい」

と思った日は、どんどん遠くなる。

時間はたっぷりできたのに、片付け物と掃除が嫌いになった。

それなのに、自分のためにお茶を入れる労は厭わない。

読みかけていた本の続きを読んで、旅の荷物のリストを作り、ついでにガイドブックにも目を通す。

「あっ、飛ばなかったかしら」

植え込みを風が吹き抜けて、干し物が気にかかる。ひととき、主婦に戻る。

「そう、取りこんだついでに、アイロン掛けをしましょう」

昨夜テレビで観た、古い映画のなかのアイロンは、部屋の中央の小さい電球の傘のなかからつながっていた。あれは、黒いタングステンの二股か三股のソケットに、コードの先がつながっている。あの頃は、電球の隣から電気を取るのが一般的であった。壁の低い位置にコンセントが付くようになったのは、いつの頃からであろう。

私のは、台だけがコンセントを必要とするコードレスアイロンである。

単純な作業は、思い出を紡ぐには具合がよい。介護、子育ての喧騒の日々が嘘のようで、過ぎてしまえば、何もかもみな懐かしい。

「卒業の日がきっと来ますよ」

真っ最中の忙しい人たちに、伝えてあげたい。

車の運転もできず、ケータイも持たない。パソコンもない日々を暮らす。

きっと、時代からは、すっぽり取り残されているにちがいない。それでも、少しも不自由はしない。わたくし、現代の仙人でしょうか。

最期の写真

「これがいいかもしれない」

旅先でのスナップ写真をいただいて、旅のおさらいをして楽しんでいる。

真を写すのが写真で、老いはそのままであるけれど、日常を解放されて表情が緩んでいる。

「現時点ではこれにいたしましょう」


三年前の夏、妹が逝った。告知を受けての闘病のなかで、勤めていた学校も定年を迎え、

「ひとつだけ区切りが済んだ」

と言った妹は、葬儀の折りの写真の準備を済ませていた。修学旅行にいつも同行される写真屋さんで撮ったものだと祭壇の前で聞いた。

長くしていた髪も整え、お気に入りのスーツの胸もとにはペンダントをつけていた。

「お姉ちゃん!」

と、忙しそうに駆けこんできたいつもの姿とは遠い。

どこからどこまでもきちんと整った写真の表情は、美醜とは別ものの整った表情であった。

若い日は写真映りのよいのに出会うと、

「お見合い写真になりそう」

などの声が聞かれたけれど、今わが周囲では、

「お葬式用にいいわねえ」

などと言い合う。

妹も元気な頃に、

「いい写真を用意しておきましょう」

などと冗談を言っていたので、生真面目に果たしたのかもしれない。

祭壇に向かう知己友人なども、

「よい写真ですね」

と感心してくれた。

私も出来栄のよい写真とは思うけれど、姉を差し置いて早発ちした恨みをぶつけるには、整い過ぎた写真でもあった。

それでも、ほめてくださる方には、

「自分で準備していたのですよ」

と告げる。すると、ほとんどの同年輩は、

「私もよい写真を準備しておきましょう」

とおっしゃった。

そうね、と私もその気になり、思いは同じで、縁者散ずる折り、

「ねえ、この写真とてもよいから、みんな一枚ずつ焼き増しして持ちましょうよ」

の声があがった。


けれどその後、もろもろ余後の法要などで集まっても、

「あの写真は？」

の督促を言う者がいない。

私はといえば、時間の経過とともに欲しいと思った気持ちが遠のいてしまった。

あんなよそゆきの妹を身近に置くのはいや。

いつもの姿、いつもの表情がいい。

そう思いはじめると、あの日の「よい写真」の思いが薄くなる。

そんな折り、縁あって知己の方の高齢の母上の葬儀に参列した。祭壇の写真は、少し正面をはずれているけれど、目の光には、孫、曾孫の姿をとらえているのであろうか、柔和な表情である。準備されたよそよそしさがない。何かの折りのスナップ写真から選ばれたのであろうとすぐ知れる。

多くのお子を育てられたというお顔で、私は読経の間、お会いしたこともない写真の女性と語り合っているような気分になった。

あの写真がよそゆきのお顔であったら、見ず知らずの方と無言のことばを交わすことができたとは思えない。

そう、最期を飾る写真は、何気ないいつもの表情のほうがよい。

時折り撮ってくださったスナップ写真を手にする毎に、そのなかにさり気ない、それでもちょっぴりだけよく見える私がいないかと探している。

Ⅳ

王妃の夢

「海外で俳句は無理だろうな」

夫のひとことが火をつけた。

何もかもじり貧になっているので、見かねた夫がつけ火をしたのかもしれない。

「それならば詠んでみようではありませんか」

と、かすかな着火がくすぶって、燃え出しはじめた。

なんといっても、俳句仲間には加わったばかりの新参者である。取り柄はただひとつ「怖いもの知らず」であるだけ。

江國滋さんの『俳句とあそぶ法』『海外俳句のすすめ』を読み返す。読むたびに楽しさが増して、つけ火は少しずつ燃えはじめてしまった。

「ふうん、なるほど」

「いいですねえ、こんなふうに自分の見たり感じたりしたことを、五・七・五に詠みこむのは」

と、夏目漱石にも正岡子規にも海外の句のあるのに出会って、「いいなあ」の気持ちが一気に燃え上がる。

漱石、子規に触れて自分もというのは、いかにも畏れ多いけれど、その気を通してしまうのが素人の強みである。

それからは、旅行ガイドと歳時記が毎夜の友となった。

宿泊予定のフランクフルトもプラハもウィーンも、季節は日本より少し遅くて、どのガイドブックも五月末は新緑が美しいと誘う。

「いいではありませんか。新緑は季語ですもの」

と口走る。

「全句『新緑や』になりそうだなあ」

と夫は混ぜ返す。

いよいよ私の火種は大きくなった。

季寄せも手荷物にしのばせる。

出発の前日は雨もよいで、

旅支度解いては包む若葉雨

とはや一句。駄句とわかっていても楽しみはふくらむ。

ドクターストップが解けて、はじめて海を越える旅は、順調な出発をした。機中も窓の外も、見えるもの聞くことみな新鮮である。

「これが飛び心地ですか」

「雲海はほんとうに雲の海ですね」

「雲海の果てには、水平線のような一線があるのですね」

ほんとうは誰彼に声を掛けたいのだけれど、みな旅慣れた様子で寛いでいる。口を噤《つぐ》んで我慢する。

「ツンドラの上ですよ」

のお隣の声に励まされて一句。

薄暑なりツンドラの河蛇行して

「ほら、季語は新緑ではありませんよ」

心の内で夫に告げる。

最初の街はフランクフルトで、まずゲーテハウスへ。入館チケットのゲーテは、とても二枚目である。改装中の市庁舎前では、道行く人も仲間に加えての熟年の結婚式に出会った。

二枚目のゲーテの横顔初夏異郷
ライラック異国で出会ふ熟年婚

季語が新緑にならなくて安堵する。

「強情だねえ」

夫の声が聞こえそう。

一日、バスでアウトバーンを走って向かったのはハイデルベルグ。古い建物跡と緑と河に恵まれた観光地である。

「『アルトハイデルベルグ』の街ね。ここで学生に戻れたらいいなあ」

などと夢想する。学生の街のイメージであるが、行き交う観光客は年輩者が多い。

眩しきやレガッタ緑の河疾し

アウトバーンは、聞いていた通りひたすらの一本道。左右の矢印に他国の都市名が見られるのが不思議な気分になる。

居眠り仲間を横目に、私は車窓から目が離せない。

けれど、一本道、畑、空は大き過ぎて、私の力では句は詠めなかった。

プラハは、どこを切り取っても子どもの頃に読んだ西洋伽話《おとぎ》の国のよう。王宮に緑と河が添い、レンガ色の屋根の並ぶなかに、寺院のゴシック、バロックの高い塔や屋根。そして坂と石畳。

ニレの花ひと舞ひの後石畳

最後の街はウィーン。プラハよりはおとなの雰囲気で、若い日映画で観た景色がここにもあそこにも。

　宮殿のクリムト抱擁する青葉
　カフェテラス薫風紅きドレス撫で

何を見ても何を聞いても、学生時代の西洋史の時間を思い出す。

　古都みどり王妃の夢のひとしずく

「それだけ楽しめば旅費は誰よりお安いですね」

何人もの人に言われてしまった。その通りかもしれない。人生おおかたの体験は済ませてきたのに、歴史書、ガイドブックでしか知らなかった街に、危うくハーフで立ったのですもの。

帰路の機中からは、雲海の果ての落陽に出会った。ただただ素晴らしい。

雲海を真横に染めて夏日落つ

旅はおまけもついて、国内線では大好きな富士の山を眼下に眺めることができた。

初夏日本雲上の富士ほしいまま

臆面もなく詠んだ句の数々。
十日間の旅の迎えは、わが庭の紫陽花と雨であった。

中欧の夢そのままに梅雨の中

GESELLSCHAFT DER MUSIKFREUNDE
MOZAR

綿毛舞う熟年婚

歓声と拍手の先には、新郎新婦。

周囲で交わされているさまざまなことばは、残念ながらわからないけれど、きっと、

「お幸せにね」

をこめたことばにちがいない。

なんだか、居合わせたみなが、とても幸せそう。

私は、フランクフルトの初夏の空も、まっさらの新郎新婦も眩しかった。

石畳の広場には、ポプラの綿毛が舞っていた。


条件がそろわなくて、先送りを続けてきた私のはじめての海外旅行であった。

お預けが長かった分、鮮度は高い。

フランクフルトの市庁舎は改装中で、養生が施されていたけれど、その囲った部分に建物の姿が

プリントされていた。

「ふうん、こういう建物なのね」

と、旅行者の私にもわかる粋な計らいである。

前は大きな広場になっていて、行く人、来る人、立ち止まる人、グループの人たち、私たちのような観光客も多そうであった。

広場には、いくつもテーブルを並べてクロスを掛け、食べものといっしょにシャンパンのボトルが並べられていた。売りものではなさそう。そばに立つ人たちも嬉しそうで、民族衣装のような人、礼装に見える人もいる。

カラン、カラン。

昔授業の始まりや終わりに聞いたような鐘が鳴ると、あちこちで一斉に拍手と歓声が上がった。シャンパンが抜かれて、居合わせた誰彼の別なしにふるまわれている。

「どうぞ」

と、私たちにまで差し出される。

市庁舎の出入り口から、新郎新婦が現れた。

現れたふたりはむろんだけれど、迎える人たちも幸せそうな表情である。私たちもきっと、その仲間にちがいない。

ふたりが腕を組んで歩み出ると、左右からぱらぱらと小さな白いものがとぶ。白い粒はお米で、ライスシャワーといって、日本でも結婚式場の演出に使われているそうである。遠い日の私は「高砂や」と神前の式であったから、経験もないので珍しい。いいですねえ。

街行く人、道行く人みな仲間に加えて祝福を受け、幸せの空気を分け合うのは。市庁舎からお出ましということは、今風に言えばジャストマリッジ。たった今婚姻の書類を提出してきましたよ、ということであろう。

新婦のドレスも純白のものものしいものではなくて、裾は長いけれどオレンジ色のワンピースである。

花飾りの髪に短かめのベール。手に持った花束もほどよく小さい。

見れば熟年の新婚さんで、新郎の方が少しはにかんでいるようなのが、なんだか嬉しい。

あちこちでシャッターの落ちる音が響く。

みな祝福の音に聞こえる。

旅の仲間もカメラを構えていた。

きっと、この先眺めるたびに、旅の思い出といっしょに、ふたりのことも思い出すにちがいない。

空想好きは、そんな先のことまで浮かべて楽しむ。

練習まであるという演出過剰な結婚式に連なって、若い新郎新婦の仲間の暴露話や、余興に付き合わされることを思うと、見ず知らずの異郷の熟年婚は新鮮であった。

お国柄も歴史もちがえば、そのままねられるものではないけれど、広場を舞う綿毛という自然の演出もあって、心に残る出会いであった。

今頃あのおふたりは、どんな新婚生活をしていらっしゃるのだろうか。

「第三の男」の並木

「そうですよね。待ってはもらえなかったのですね」

ウィーン郊外の中央墓地にとうとう来た。

そこは、映画「第三の男」の最後のシーンで、私が憧れ続けていた場所のひとつである。

あの並木、あの並木と浮かべてきたのに、並木は寿命尽きて代替わりし、若い木々が繁っていた。

私が映画を観たのは、高校生のときかしら。映画館フリーパスの友人がいたから、中学生のときかもしれない。どちらにしても遠い。

第二次大戦後のウィーンの街の廃虚が映し出され、そこにくり広げられたスリリングなストーリーだった。画面は白黒であったが、詳しい筋書きは、霧がかかってしまっている。

けれど、場面のいくつかは今も鮮やかに浮かぶ。夜のシーンで、建物の一隅にだけ光が届いて、そこに一匹の猫がいた。それから、主人公たちの乗った観覧車。追いかけっこをした地下道、水の音。そこに響く駈ける足音。

なかでも、いちばん私を惹きつけたのが、中央墓地の並木を歩く女性のラストシーン。コートの衿を立て、帽子を被ってハイヒールの背筋が伸びていた。

「ああ、あれがおとなの女性ね」

私のなかにおとなの女性像が入力された瞬間であった。

「おとなの女性ね」は「私もあんな女性になりたい」とエスカレートして、「いつか帽子とコートとハイヒールの似合うおとなになって、あの場所を歩きたい」と思うようになっていた。

若い娘は無責任に、何度そんな図を描いたであろう。

けれど、「憧れのハワイ航路」が船旅であった時代のヨーロッパは遠かった。遠かった分、憧れるだけで十分楽しくもあった。

現実の暮らしの足並みは速くて、私はそんな日をすっかり忘れて、主婦と嫁と母の日々を重ねてきた。時が駆け抜け、老い暮らしを迎え、遅ればせながら、健康その他ようやく条件がそろって、人並みの海外旅行の機会を得た。

忘れていた遠い日が、にわかに近くなる。

「そう、ウィーンは観覧車と中央墓地」

観覧車は噂通り残っていて、ホテルへ向かうバスのなかからも眺めることができた。

「あれがプラター公園の観覧車。来ましたよ。ついに来ましたよ」

心の内でつぶやく。

美術史博物館、シェーンブルン宮殿、ベルベデーレ宮殿、シュテファン寺院。

クリムトの抱擁に対面し、ハプスブルグ家、マリアテレシア、エリザベート。

高校の世界史の時間が戻ってきたよう。熱心に学ばなかったことを悔いる。

中央墓地も観光スポットで、バスで向かう。

「『第三の男』ご覧になりました？　私、おとなの女性になって、中央墓地の並木を歩くのが夢だったのです」

こらえきれずにお隣に囁いてしまった。

ガイドさんの説明は、ちゃんと「第三の男」に及んでもらえたけれど、

「あの画面の並木は古くなって、今は新しく植え替えられたものです」

「そうですよねえ」

少しだけ力が抜けた。

「当然ですよね。少女の私が白髪になっているのですもの。並木も待ってはいられなかったわね」

と、納得はするけれど残念である。

映画のシーンは、コート着用で葉を落とした並木であった。

目の前の新緑の並木は清々しくて、老いの身では颯爽と映画のようにはおさまらない。

「並木が待っていてはくれなかった」

と、ずいぶんがっかりした様子をふりまいてしまったようで、

「次の機会には、あの女性のようなコートと帽子をプレゼントしましょう」

と、豪勢に慰めてくださる方もいた。

「後ろ姿なら大丈夫かも」

と、おっしゃったのは、慰めになったのかしら。

どちらにしても、後ろ姿にこそ老いは漂うのですもの。夢は夢のままで封印いたしましょう。

安定のよい靴を選んできた足もとを見つめてしまった。

観覧車は時間が許さず行けなかったけれど、並木の例もあるので、遠目の方がよかったのかもしれない。

千年もかかった大聖堂

チェコの都市プラハは、雨もよいの出迎えを受けた。

小雨越しの景色は、新緑、川、レンガ色の屋根、高い尖塔。円形の屋根は緑青《ろくしょう》が吹いている。

千塔の都といわれるが、千は超える塔の数と聞いた。

どこを切り取っても伽話の街、絵ハガキのようである。

プラハ城でバスを降りると、初夏の日本に慣れた身体に雨は冷たい。身をこごめてもまだ寒い。

石段を登って、聖ヴィート大聖堂に向かった。どこからでもネオゴシック様式の二本の尖塔が見えていたところである。

登るほどに、冷たい雨は風に巻き上げられて迫る。

「ミサの最中です。済むまでお待ちください」

と、待つ人は次々に増えるのに、中に入ることはできない。観光客を迎え入れるいちばんのスポットが現役で、暮らしの一部になっていることに驚く。

ミサを終えて流れ出る人を送って、ようやく大聖堂の扉をくぐった。押し合う流れのなかで知らぬ間に通っていて、予習しておいた壁面のファザードは、確かめずに過ぎてしまった。語学もできない小心な私は、仲間に離れまじ、ガイドさんに離れまじと努めていても、美しさ見事さに見とれていて危ない。

大聖堂の建築にとりかかったのは九二六年で、何世紀も経て、一九二九年の完成とこともなげに説明された。ざっと千年もかかった工事である。時の厚みに圧倒される。

ここまでは誰の時代、この部分は何世紀とガイドを受けると、確実に物を通しても時が重なってきたことを実感できる。けれど、理解を越えた不思議さが迫って、息苦しくなる。

千年というのは、人の生にして何代になるのかしら。

魔法を使われているようなステンドグラスも、時代、世紀によって様子が異なる。

最後のものはミュシャの作品で、銀行が提供者であった。スポンサー名を入れる時代になるとは、初期を受け持った人たちは考えもしなかったであろう。

プラハは職人の街ともガイドを受けたが、ほんとうに教会の外も内もどれだけの手がかけられてきたのかと思う細工、また細工である。ゴシック建築特有の幾何学性と繊細さである。

戦火をくぐり、為政者、国の指針も大きく変わった時代を抜けて、残した力は何であったのかと巡らさずにはいられない。

よく残って私の訪れを待ってくれたと感激する。

大聖堂を堪能し、王宮前の広場を抜ける頃には、雨も上がっていた。雨上がりの空気は澄んで、空の色が濃い。

用意されている観光ルート、黄金小路を歩く。

ルドルフ二世お抱えの錬金術師が賢者の石や黄金製造の幻を追った夢の跡というが、今はお土産品を売っていたりする。

二十二番地の空色の壁の家は、カフカが執筆活動をしていた場所と知って立ち寄ると、カフカの復刻版の本や絵ハガキを売っていた。

記念に一冊欲しかったけれど、重いし、読めないし、後日残された人も困るであろうと諦めた。代わりに、文学青年風のカフカの写真の絵ハガキを求めた。

今も写真のカフカを眺めるたびに、あの小さな空間にいたから「変身」という作品が生まれたのかもしれない、と思ったりする。

この先、私は活字でも映像でも、プラハという街に出会ったら、「あそこね」と反応するであろう。知らなかった街が近くなった。

沈まなかった太陽

飛行機は雲の上に出てしまうと、柔らかい白い絨毯のなかに浮いているようである。雲海と名づけた人に感心する。雲の海というのはぴったりで、車や列車よりずっと速いスピードとわかっていても、外の景色に変化がないと、速さは感じられない。

その雲の果ては、水平線とまるで同じように、一線で雲のない空へと分かれている。私は秘かに「雲平線」と呼んだ。

初体験の旅の最後は、ウィーンからフランクフルトで乗り継いで成田に向かった。

旅の終わりは、祭りの後と似て寂しい。

「機中で日没に出会えますね」

と、搭乗の折り声をかけてくださる方があって、

「お天気に恵まれれば夕焼けの空ですね」

と言えば、

「雲の上ではいつでも晴天ですよ」

と教えられた。

「なるほど」

と理屈はわかっても、窓の外の景色には、

「よく晴れていること」

と思ってしまう。

二重ガラスの小さな窓に、私はほとんど額をつけて、雲海とその先の空ばかりの外を眺め続けていた。

雲海は、目の先遠くで一直線に空を分けている。

「いいえ、この飛行機の飛んでいるところも含めて空」

と言われても、空は雲の果てに、雲平線の上にある。

その空が夕焼け色に変わりはじめた。

地上からいつも見ていた夕焼けは、雲があればその端も染めたが、手前の雲海は染め残されている。

視界の中央に茜色の帯。

空気が澄んでいるからか、茜色は鮮やかで、少しずつ変化する。

だんだん淡くなって、藤色を帯びてくる。

その頃から、手前の白い雲の海も変化をはじめて、淡いコバルトブルーから深い色に変わっていく。上段の茜色、下段のコバルトブルーが、グラデーションとなって見せてくれる変化は、不思議な清爽感を胸の底まで伝えた。手前のコバルトブルーは、深くなった末、墨色に落ちついた。上部の空も暗くなって、あと少しで両者境のない漆黒の闇になると待ったが、待てども闇は来なかった。

「まあ！」

手前の闇の上が、一線を隔てて白んでいる。確かに少しずつ白んでくる。見つめ続けるうちに、雲の光は夜明けの色となった。

「なるほど、そういうことですか」

飛行進路を機内のスクリーンで確かめると、機は北へ進んでいて、モスクワもはや後方であった。北の国は日没のない白夜と聞いていたけれど、あの空の向こうあたりが、きっとそうにちがいない。

「私は機中で、暮れない日、沈まない太陽を体験した」

と感動する。

そういえば、フランクフルトもウィーンも夜の九時、まだ薄明りが残っていた。感動に感動を重ねているうちに、機外はすっかり朝の光となっていた。

「すみません、みなさまおやすみですからブラインドをお閉めください」

と、客室乗務員にやんわり注意されてしまった。

「ごめんなさい」

とブラインドを下ろすと、機中は小さな機内燈だけの真夜中の世界であった。

搭乗の後しばらくの談笑、食事も終わって、映画を観る人、本を読む人、ワインを飲む人と楽しみを分っていたが、今はみな熟睡の様子である。日が落ちて外が夜を迎えると思ったとき、誰もがブラインドを閉じて、眠りの体勢になったのであろう。

私ひとり没我の世界で、窓外を見続け、闇を迎えないまま朝を迎える様子を見ていたらしい。

「夜中と思って眠っておいでのようですが、もうすっかり明るいのですよ」

と、心の内でつぶやく。

そっとブラインドの裾を持ち上げると、暗い機内に一筋光が走った。乗務員さんに見つからなかったかしら。

「ごめんなさい」

目を閉じる。

「眠らなければ、飛行時間は十二時間もあるのですよ」

眠って朝を迎えて夕方に成田に着かねばならない。

「今は眠りの時間」

と身体にいいきかせる。

シートを倒して眠りの体勢をとり、きつく瞼を閉じる。閉じた瞼の裏で、見たばかりの光のグラデーション、空中ショーがくり返される。

起きているような、眠ったような、うとうと、とろとろとした不思議な時間が過ぎた。

「うーん」

「今どのあたり?」

「何時?」

と、目覚めた人の声がとぶ。

ひとつひとつとブラインドが開けられ、外の光を取りこんで機中は夜明けとなった。

「すっかり陽が出てるよ」

の声に、

「闇はなかったんですよ」

と、私は心の内で声をかけていた。

お

ようこそウィーンの森へ

「これなんですか?」

と尋ねられても、どう答えてよいかわからない。

横長ワイドに草だけが映っている写真で、撮り手は私である。

「ウィーンの森に向かう草むらです」

「はあ?」

尋ねた方は、どうしてこんな雑草を画面いっぱいに撮ったのか、不思議に思われたのであろう。

白い小さな花をつけていたり、穂のような先を見せていたりする草もあって、草々の丈は割合長い。手前は陽が当たって薄い緑に輝き、奥の緑は暗い。森の奥といった様子である。小さな点のような黄色い花も混じっている。

写真は静止の画面であるのに、揺れる様子が伝わって、私は眺めればすぐに、あの日のあの情景のなかに戻ることができそう。でも、旅行の記念写真としては、たしかに不思議かもしれない。

空を含めた森の遠景や、森のなかの教会、観光客用に準備されているモーツァルト像、旅行者用の被写体はいっぱいあった。人さまの好意で、私にもモーツァルト像と仲良く並んだ一枚もある。

雑草の写真に、夫も、

「この草何?」

とつれなかったが、たしかにどこかの川原、どこかの野原と見られても抗しようはない。不評というより「?」という反応のほうが多かった。けれどなかに、

「これ、いいですねえ」

と言ってくださる方があって、私が惹かれた魅力に気づいてくださったと、嬉しくてならない。名もない雑草ばかりのこの一枚は、

「どうぞ」

と、いつでも誘ってくれるので、私はウィーンの森の入り口に立つ感覚に浸ることができる。景色のなかに「いますよ」と自分が写りこんでいると、「行きました」の証拠写真となり、思い出にはちがいないけれど、自分がその景色のその位置に固定されてしまう。画面いっぱいのウィーンの森へ続く雑草は、そこから奥へ、左右へと誘われて、楽しみも大きくなる。

「ようこそ、ウィーンの森へ」の一枚である。

V

男性もスカート

「ほう！」

今宵も楽しいことに出会えそう。

男性のスカート姿は、はじめての出会いである。タータンチェックのスカートでバグパイプを奏でるスコットランドの風景は、雑誌や映像で知っていたけれど。

ブラと呼ぶアロハシャツ風の花柄の上着にベージュの巻きスカート。スカート丈は膝あたり。裾からしっかりした力強い足。踵《かかと》をきちんと覆ったサンダルのなかは素足である。夫と並ぶと頭ひとつ分高い。鼻の下に白髪混じりの立派なお髭のそのスカートの主が、今夜の主賓である。

南の国フィジーの首相。正しくはフィジー諸島共和国という。南太平洋にある島国で面積は四国と同じくらい。英国から独立したのが一九七〇年であるから、日本では大阪で万博が開かれた年である。首都スバの名も、今回知った。

お隣に並ぶ夫人もおおらかな体形で、黒地にピンクの花模様のボレロ付き木綿のドレス。むろん夫人の足もとも素足にサンダル。

「ネクタイをされることのないお国柄ですから、どうぞラフなスタイルで」

と申し合わせを受けて、私たちも気持ちを丸くしてきている。万博への参加来日、来名の一行を交えての万博ナショナルデーの交流会。さまざまな民族衣裳の方々と出会ったけれど、男性のスカート姿ははじめてで、最初は、

「ほう!」

けれど、会場には男性のスカート姿があちらにもこちらにもで、目はすぐに慣れてしまった。

「暑い国にスカートはいいですよねえ」

私はスカート派で、パンツルックはしない。冬の寒さが年毎にこたえる。着物姿が減ったのは、中年以降の人もパンツに出合ったからだ、と密かに納得している。つまりは、スカートは涼しいということで、フィジーのみなさんは理に叶っていらっしゃる。

「フィジーはシャツ一枚で暮らせる、自然いっぱいの、文明人の失ったものの残っている楽園」が、観光案内のコピーである。

諸島共和国というほどで、国土はたくさんの島からなっており、地球の温暖化が進めば国土が失われるかもしれない、という人も多い。貿易風にのってか海洋の漂流物がみな押し寄せ、島々では

処分の策もなく、環境問題にはみな熱い。あの京都議定書にもいちばんにサインをしたそうである。ほんと、ペットボトルやプラスチックのゴミが島を囲む図は怖い。

私は、首相夫人とすっかり仲良しになった。互いの国の主婦代表のように、話題は家庭のこと、暮らしのあれこれ。けれど開口一番、

「おいくつですか？」

と問われたときは、ちょっとびっくりした。

「フィジーではどなたにでもお年を尋ねるのかしら」

と、密かにつぶやいたつもりが、そのまま通訳されてしまって、

「あら、なぜ？　年齢は相手を知る基になりますよ」

とおっしゃる。ごもっとも。

「日本では女性にはあまり年齢を尋ねません。でも、私はかまいませんよ。六十七歳です」

と、やれやれ、中学生にも劣る英語力である。

「まあ、そのお年でどうしてそんなにスリムでいられるのでしょう」

と、目を見開き、手を広げて感嘆されるではないか。

「えっ！　私がスリムで・す・か」

毎月の検診で、

「あちこち老化していますから、体重を増やさないでください。運動してください」

と、主治医の先生はくり返されているのである。嬉しいけれど、こそばゆい。

見れば、夫人を取り巻いているお国のご夫人は、みな立派な体格であるから、比較の基準が違うのであろう。スリムと聞いて、私は相好を崩していたにちがいない。単純。

「日本食がいいのでしょうね。ずっと日本食を食べていらっしゃるのですもの。私の国でも日本食は憧れです」

夫人はどうやらスリムにこだわっておられる様子。でも、なのか、だからなのか、テーブルに届けられたお寿司を美味しそうに召し上がった。お箸もお上手である。

「お気に召しますか、日本の料理。とくに今夜は名古屋にちなんだものを用意してあります。どうぞ召し上がってください」

と、これは通訳の方が助けてくださった。ビュッフェスタイルながら、夫人は主賓でいらっしゃるから、みなサービスしてくださる。さまざまなお皿が届く。

「オ！　テ・ン・プ・ラ」

と天婦羅のお皿を嬉しそうに受け取られ、

「おいしいですね」

と、天婦羅をもうひと皿。

「こちらは名古屋コーチンの焼き鳥と天むすです」

と差し出すお皿があれば、それもきれいに食べられて、間にまたお寿司もつままれた。

日本食はスリムの素と安堵されるのか、励まれるのか。

「お箸がお上手ですね」

と感心すると、

「日本食のお店があるので、覚えました」

と、いたずらっぽく舌を出された。こういう仕草は、どこのお国にもあるのかしら。

「お箸は便利でしょ」

「ええ。でも、日頃はスプーンです。お箸は小さなものを取り上げるのにいいですね」

と。私は調子にのって、

「日本ではお箸でお豆をつまんで機能回復のリハビリにもいたします」

と、脳外科に長くお世話になって得た知ったかぶりを披露した。けれど、

「ビーンズ?」

と、話は豆のあれこれに移って、お箸には戻らなかった。

私は椰子の実のジュースを手放さないで、表敬に努めていた。堅い皮をはがした椰子の実のてっぺんに穴を開け、ストローを差しこんだもの。グラスとちがって果汁の色は見えないが、伝わる様子から乳白色と思われる。甘みも弱い。何よりの感想は、生ぬるいこと。

「おいしいですか」

夫人が何度も問われる。「デリシャス」は、ちょっとお世辞もあるが、人工的な甘みのないのは嬉しい。外の皮をはがして、糸状の繊維がぴょんぴょん出ている。つまんでいると、

「その繊維はマットレスに使います。いちばん外の皮は屋根をふいたり、燃料にしたりします。飲み終えたらくり抜いて容器を作ります。椰子は全部利用できるのですよ」

と、意気高くおっしゃる。

「理想的ですね」

「そうです。自然のものを全部使い切るのが環境にいちばんよいのです」

島一面ジャングルであったのを人力で切り拓いて村を作った歴史が、まだ意識の浅いところにあるのであろう。

「経済発展は大きな課題ですけれど、西欧的な合理主義ではなく、ゆるやかな経済発展が望ましいですね」

と、夫人はスリムへの関心を越え、見事な考えを伝えられた。

椰子の実のジュースは生あたたかい。ジュースや水はなんだって冷やされているのに慣れていて、

「ジュースや水を冷やさないのですか」

と問うと、

「なんでも自然のままです。日本では水にも氷を入れますから取り出してもらいます」

とのこと。暑いときは冷たくと思っていたが、暑い国では冷やしていない。

「食べものを冷蔵するという考えがありません。すぐ食べればよいのですから」

「まあ、それではお寿司のようなものは？」

「日本食のお店でね」

と、ここは意味深長な笑みであった。

「冷蔵の考え方がないのです。観光に力を注ぐようになってホテルもできましたから、他の国からの人にはサービスが生まれています」

と、フィジーから同行の日本人が教えてくださった。

便利になるとは？

豊かになるとは？

失ったものが残っている、ということとどう塩梅をつければよいのであろう。

「はじめまして」

と、グラスを手にお隣に来られた婦人は、みごとなサリー姿で、あのインドの人の印の額に宝石様のものもついている。

「フィジーは、五一対四九で、半分近くインド系の人です」

と夫人から紹介を受けた。サリー婦人は両手いっぱい、金銀宝石をつけていた。

「この方は大富豪の奥さまで、子どもも巣立って、今は世界旅行ばかり」

と。どうやら首相ご一行様の様子。世界旅行三昧とは羨ましい。

アトラクションは、上半身裸体、腰蓑をつけた裸足の若い男性の踊りであった。膝をついたり、かがんだり、その都度腕がぴんと伸びて、斜め上、真上、横へと張る。きびきびとした動きである。軍隊に所属する踊り手と聞いて納得した。舞台の上に、日本のおひねりのように、お札が供せられた。首相も夫人も供され、日本からの参加者も幾人か続いた。

お札はお国のものあり、日本のものあり。万博ですね。交流ですね。

コーヒーには塩とバターを

「いつになったら飲ませてもらえるのかね」

「まだまだだよ」

「いやあ、参ったなあ」

コーヒーのセレモニーが続いている。はじまってもう四十分はとうに超えていそう。

エチオピアとの交流の宴。正しくはエチオピア連邦民主共和国。アフリカでは一度も外国の植民地にならなかっためずらしい国である。

国旗の中央にはソロモンの星。この夜の主賓大使夫妻は、背筋が伸びて背が高い。黒い肌は光るように張っている。瞳がよく動く。

「ようこそ日本へ、この地へ」

の歓迎の挨拶で、夫はマラソンの話に及んだ。私たちの世代は、あの遠い東京オリンピックの日、裸足で完走し、みごとに優勝を果たしたアベベ選手の名が忘れられない。ウバという女性選手は、記憶にまだ新しい。大使は挨拶のなかで、

「マラソン以外のエチオピアも知ってください」

と添えられた。

そして、会場の一隅ではじまったコーヒーのセレモニー。

彫刻のように端麗な小さな顔にみごとなスタイルの若い女性が、小さな椅子に掛け、手もとの皿のような鍋に手を添える。直径三十センチくらいの鉄のほうろくのような形である。

「これは数人前です」

コーヒー豆はひとり二十粒くらいになりそう。コーヒー色ではなくて白い。その豆に水を注いで両手で揉《も》み洗いし、へりに寄せて水をこぼし捨てる。ちょうど米を研ぐ要領である。それを三度くり返し、豆を中央の窪《くぼみ》に寄せ、下から火をつける。焙煎である。女性は優雅に片ひざをついて、民族衣裳の裾をおさえると、先が鍵の手に曲がった火かき棒のようなもので混ぜながら煎っていく。

ゆっくり、ゆっくり、ほんとうにゆっくり。

周囲の時間までが遅くなっていくよう。

ゆうらと煙が立つ。薄い煙が次第に濃くなる。まだあのコーヒーの香りはしない。

「いやあ、まさにスローライフですなあ」

の声がとび、待ち切れない人がそっと離れていく。二十分以上もかかって、ようやくいつも目にしている濃茶色のコーヒー豆になった。粉に挽くには、直径二十センチくらいの丸太の中央をくり抜いたところへ入れ、木の棒で突く。溝のある擂り鉢と擂りこぎを使えば、もっと効率がよいのにと思うけれど、くだんの美女は、
トントン、トントントントン
急ぐ様子もなく長い棒で真上から突いて砕く。

ああ、この香り、コーヒーの香り。

香りが立つのは、煎るときではなくて、豆がつぶされるときであった。ようやく粉になったコーヒーは、異国情緒あふれる取っ手付きポットに入れ、口もとまで水を注いで火にかける。煎じるのである。

「皆さまのなかに胃の悪い方はいらっしゃいませんか」

美女が笑みながらかけたことばが通訳された。続いてのことばは、

「コーヒーは煎じ薬ですから、胃の悪い方こそ飲んでください」

えっ！　そんな……。

私の日常では、胃の調子の悪いときはコーヒーはお休みとなるのに。

ポコポコ、ゴボゴボ、ポットがたぎる。煎じられたコーヒーは、スタンドに斜めに置かれて粉の沈澱を待つ。その後、そっと上ずみを注ぎ分ける。

コーヒーカップは取っ手付きと思いこんでいたけれど、取っ手はない。ぐいのみくらいで煎茶の茶碗に似ている。

ここまでがおよそ一時間。

「コーヒーを供するおもてなしは、豆を洗うところからです」

白い煎る前の豆は、ひとり分二十粒くらいから買い求めることができるそうである。お湯を注げばたちまち飲めるインスタントコーヒーの存在を隠したくなる。

「どうぞ、お飲みください」

「はい、ありがとうございます」

「これを入れて！」

「はっ？」

「コーヒーには塩とバターを入れるのです」

「塩とバター、ですか」

「ええ。エチオピアでは砂糖ではなく、本来は塩とバターです」

本来というからには、今は違うのかもしれない。

「他国の土地に渡って砂糖を入れるようになってしまいました」

と、元祖は口惜しそう。

口もとでバターがぷふんと匂った。ノンシュガー、ノンミルク派であるから、不思議な味ではあるけれど、嫌な味覚ではなかった。

お隣の民族衣裳のご婦人に、

「あなたはいつも塩とバターですか」

やっとの私の英語力である。

「ええ、でも国ではバターが違うので、これとは違う味です」

と、これもわかった。中学生以下の会話ながら、

「通じたではありませんか」

と内心にんまりしていたら、このご婦人の連れ合いは日本人で、在日十六年であると後刻わかった。

「はじめに教えてくださいよ」

ああ、恥ずかしかった。でも、それならば、どう味が違うのか尋ねればよかった。

コーヒーのセレモニーの終了の頃には、仮設舞台が整って、エチオピアの音楽と踊りがはじまった。

ヘイ、ヘイー！

ハッ！

イエッ、イエ、イエッ！

などと、民謡の相の手のような掛け声が入る。楽器も珍しく、音色も聴き慣れない。元気よく奏でられるがリズムは割に単調である。

縦笛のようなのがワシント。子どもの工作のような四角い箱を斜めにして弦一本の楽器はマシンコ。カバロというのは、大小二つずつの太鼓が一組になっている。小さなたて琴のような形はクラールという。覚えられないので、懐紙にボールペンを添えて通訳の方に頼んだら、親切に図を添えてくださった。

途中から加わった踊り手も、

ヘイ、ヘイ

イエッ！

声を掛けあって、肩と腰を振る。

ひとりふたりと会場の人が誘われて加わっていく。踊りが伝染していくみたい。大使夫妻も仲間入り、フレンドシップ事業のパートナーの町の人々も加わっていく。会場全体が踊っている。

踊り子の胸は豊かで、形よいお尻は高い。腰がきゅんと細くて、ため息の出るほどのスタイルである。

「最近エチオピア出身のスーパーモデルがいるのですよね」

と情報通も踊っている。気難しそうなおじさんたちも美女を相手に、
ヘイ、ヘイ！

「プリーズ、プリーズ」

と手を取られて、私も着物姿で踊りに加わってしまった。

「いやあ、これは肩こりによさそうだ」

と照れながら言い訳をしている男性もいる。夫も美女を相手に嬉しそうであったが、肩こり体操のようで、腰は動いていなかった。

「あんたのは肩と腰が同じ方向に動いていたが、踊り子は微妙に互い違いに揺れていたよ」

と、帰宅後自分のことは棚に上げてのたまった。

スローライフ、は掛け声だけではだめみたい。コーヒーセレモニーは新鮮であった。

エチオピアの首都は、アディスアベバ。アムフラ語で「新しい花」を意味するそうである。

遠いお国ですね。

アイアイとバニラの国

アンタナナリボ。

ようやく覚えることができた。マダガスカル共和国の首都の名である。アフリカ東海岸を四百キロ離れたインド洋に浮かぶ島国。世界で四番目に大きな島と教えられても、私にはどう浮かべてよいのかわからない。

新生代まではアフリカ大陸とつながっていたのだそうだ。それが分離してしまったから、古代からの生き残りと思われるめずらしい動物や植物の楽園になったという。わくわくする。

機能満載の電気製品やI・Tとも無縁で暮らしているので、

「あなたはシーラカンスみたい」

などと言われるが、この国ではそのシーラカンスが今でも毎年十二、三匹捕獲されている。

下調べ好きな私は、交流の宴の前に万博会場も訪れた。アフリカ共同館の一隅、マダガスカル共和国の壁面は、バオバブの巨木が映し出されていた。あの「星の王子さま」に出てくる木である。

高いのは二十メートルもあって、子どもが六、七人手をつないで届く太さがあるという。見上げてみたい。

木肌にも触れてみたい。

その壁の前に、上部に穴の開いた小さな箱が置かれていた。

民族衣裳の女性が手招きし、穴から匂いを嗅ぐようにと仕草で示す。表情と仕草でことばを越える瞬間は楽しい。私も手で招いて香りを寄せる。

「ああ、これ、アイスクリーム、ケーキの香り、美味しそう」

バニラの香りである。

「バニラを世界中に輸出しています」

と説明を受けた。きっとこの国から届いたバニラの香りを、これまで何度も味わっているのであろう。

主賓の大統領は、若くて骨格のしっかりした方。夫人は半袖のワンピースにお国で織られたストールを肩にまわしたおしゃれ。

「私の使っているのと同じ品です」

と、ストールをプレゼントされた。綿なのか、麻が混じっているのか白と茶の縞の長いストールは、自然の色合いが嬉しい。その夜の私は着物であったから、その場で使って見せられなかったのが残念であった。秋風が吹いたら衿もとに真似て、マダガスカルの風をまとおう。

アトラクションの民族音楽は、アフリカの他の国と比べると激しさは少ない。太く長い竹の筒状の楽器がめずらしい。「アフリカのなかのアジア」といわれ、国民の大部分はマレー、インドネシア系であるそうだが、それは楽器から流れる調べでも納得できた。

「アイアイを知っていますか。私の国にだけいる猿です」

と、大統領は挨拶のなかで言われた。「アイアイ、アイアイ、お猿さんだよ」は、子育て中によく唄った。「アイアイは固有名詞だと思っていた」は夫の弁。テレビを通してその可愛い姿も想像できるので、対面できたらどんなに嬉しいかと思う。

二十一世紀を迎えた頃、この国にはまだ消防の体制がなかったそうである。

人々の多くは草牧に火を入れると牧草が生えると信じて「火入れ」をくり返し、火災、延焼を重ねてきた。その結果、国土の八十パーセントの自然が焼失してしまった。食べることにもこと欠き、子どもたちのお腹は栄養失調で膨らんでいたと聞いても、今の日本ではなかなか想像できない。

ところが、ジャイカの専門家として暮らしを共にし、住民の意識改革の労をとり、ついにマダガスカルに住民消防団を作った方が当地におられた。宴にも招かれて、マダガスカル政府から贈られた勲章持参で参加されていた。大統領も覚えておられてご対面。

「計画的に耕作をし、収穫をするよう意識を高めるために、私も国を出る前に脱穀のセレモニーを示してきました」

と大統領。収穫をしないで放置しておくと、穀物から出火することもあるという。

何ごとも制度、意識の整った国にいてはわからない。

「プレッシャーのない自分の時間を楽しめる国です」

「米が主食で、人々の気質も穏やかですよ」

「日本の人にもきっと気に入っていただけます」

と、政府関係者は観光客を望んでおられた。

アイアイがいるのね。

バニラのお国ね。

すぐにその気になる私であるが、バンコク経由アンタナナリボへは約十五時間。不定期。気持ちはなびいても、年齢、体力を計算すると、やすやすとは叶わない。

「マナワトプコ」が「こんにちは」。「ありがとう」は「ミショチャトプコ」がマダガスカルのことば。これをアイアイに伝えるのは、私には難しそう。

冬至の南瓜はトンガから

「冬至に南瓜を召し上がりますか」

「ええ、むろん」

いそいそと答える。

子どもの頃からの習慣で、私は暦に従っての行事が大好き。厭う人も多いが、正月を迎えるあの慌ただしさも好ましい。注連《しめ》飾りに鏡餅。鏡餅はパック入りでは風情に欠ける。かびとも共存する。七草には粥も食し、ご近所に遠慮がちながら節分の豆撒きもする。三月には指の爪ほどの陶の雛を飾って桃を活け、菖蒲、菖蒲湯は五月の楽しみ。仲秋の名月の夜は、芒《すすき》、お団子、きぬかつぎ。みな暮らしのアクセントである。

そういう暮らしなので、冬至は南瓜を食卓にのせ、夜は柚子を浮かべた湯に浸る。

「その南瓜はどのようにして求めますか」

と問われても、今は近くのスーパーで簡単に入手しているから、

「はあ……」

と、どう答えてよいのかわからない。

「お買い求めになるのでしょ」

と重ねて問われる。畑も持たず、労もとらない暮らしでは、「はい」以外の返答はできない。

「その南瓜の多くが、この国からの輸入なのですよ。季節が反対なので、ちょうどよいのですなあ」

と教えられた。

この国とはトンガ王国である。日付変更線のすぐ西に位置し、四つの諸島をなしていると聞いても、すぐには想像できない。陸地の面積が日本の対馬と同じくらいで、人口はざっと十万人。近隣の十万都市を浮かべてようやく輪郭が見えた。

ヌクアロクアというのが首都名であるが、覚えていられるか不安。けれど、

「世界で最初に朝を迎える首都です」

の説明は、私の記憶の引き出しにきっと残ることであろう。王国であるから王様がおられる。

「今日は王様の誕生日。八十四歳になられます。これまで一度も植民地にならなかった南太平洋で唯一の国です」

トンガの人々は誇らし気に告げられた。

今宵は万博のナショナルデー、トンガ王国との交流会である。政府の代表はノーネクタイながら背広を着用。けれど、親善を担って同行の随員、舞踊団、留学生、万博会場のスタッフなどなど、トンガの人は男性も女性もスカートであった。すでに他の島国からの立派な口鬚の首相もスカート姿であったから、私はもう驚かない。

「今は国では乾期です。気温も二十度前後です」

と。へえっ！　そうなの？

「それでは日本にいらっしゃるほうが暑いのですねえ」

「ええ、日本は暑いです。でも新鮮です」

スカート男性はお若い。集まっているそれぞれが、お互いに予習をしているので、相手の国のあれこれを話題にして笑顔が行き交う。

「ガリバー旅行記の巨人の国のモデルは、トンガだということです」

と、歓迎の挨拶のなかで夫も触れていたが、政府の代表をはじめ、トンガからの参加者は男性も女性もみな大きい。私は、大きなガリバーが縛られて横たわっていた絵本の図を浮かべていた。ほんとうに大きい方々である。

大阪に四年、長崎に二年の留学体験のある女性は、民族衣裳の長い巻きスカートの裾が、歩くたびに揺れてチャーミング。

「今も日本にいます」

と日本語も達者で、瞳がよく動く。

「わたし、花婿募集中です」

と、首をすくめられた。

「だめだめ、日本ではだめ。あなたが結婚して日本にとどまられたら大変ですよ。国へ帰って仕事が待っていますから」

政府代表のお相撲さんのような体格の男性が、あわてて遮った。十万人の人口の代表としての留学生であれば、やがては国の柱となられる人であろう。けれど、女性の首をすくめての「はにかむ」という表情が印象的であった。見られなくなったけれど、若い人の「はにかむ」風情はいいなあ。

タタタン　タン

タタタン　タンタン

小さな舞台が踏み抜かれるのではないかと思われる力強い舞踏がはじまった。男性も女性も腰蓑をつけ、男性には腕に入れ墨の人も多い。リズムは単調であるが、力強いこと。格別目を奪われたのは、彼、彼女たちの足の大きさ、力強さである。裸足の足の裏は、がっちりと床を踏みしめて、きゅっと指先を広げている。指先が八つ手の葉の先のように広がって肉厚。

「靴をはくときは、どんな靴なのかしら」

巡らしてみても浮かばない。とにかく立派な大きい足である。Eだの3Eだのと広がった足を恥ずかしがるなんて、ケチな気持ちはとんでしまう。健康的でほれぼれする。

「トンガ王国で何がいちばん印象に残っていますか」と問われることがあったら、私は「大きな足です」と迷わず答えるであろう。

それにしても、最初に演じられた踊りのなんと「どじょうすくい」に似ていることか。浅い籠を持って魚を掬《すく》いとる。逃げた魚を追う。抜き足、さし足で歩き、跳ねた泥を指先で払う。

「どじょうすくいそっくりだね」

あちこちからも声が聞かれた。

踊りの動きも潮にのって流れついたのかもしれない。

「名も知らぬ遠き島より流れ寄る椰子の実ひとつ」

の唄が浮かぶ。遠い昔は、構えないで人と人とのつながりが、潮の流れに救けられてあったのかもしれない。

女性大臣の金のイヤリング

「日本は暑いですね」

ほんとうにここ数日の暑さは格別で、今日も暑かった。

けれど、アフリカの国から訪れた方からの挨拶で「日本は暑い」と言われると、?と思ってしまう。無知な私は、長い間アフリカの国々は暑いところと思いこんでいた。地図を横になぞっていけばわかることと教えてくださった方もあるけれど、私の気持ちはなかなか切り替えられない。

今夜のお相手の国はザンビア共和国。主賓は女性大臣で、チャーミングな美人である。背が高い。百八十センチは超えていられそう。その身長に見合った体格をしておられる。黒いお肌には金のアクセサリーが似合うとかねがね思っていたことを、今夜あらためて納得した。背の低い私を覗きこむように話されるたびに、大きな金のイヤリングが弾むように揺れる。

「私の国では雨期と乾期がありますが、エアコンを使うという暑さではありません」

昼間の万博会場の暑さが、よほどこたえられた様子である。

「万博会場のザンビア共和国は拝見いたしました」

と私。

「………オー！」

「オー！」と喜んでくださったところは、通訳を介さなくてもわかる。

「ビクトリア・フォールズのジオラマ・モデルも見てくださいましたか」

とおっしゃるので、

「むろん見ました。素晴らしいですね。気の遠くなるような雄大な眺めでしょうね。見たいものです」

と私は調子がよい。「気の遠くなるような」をどう通訳してくださったのかしら。

「おいでください。是非是非おいでください。それは見事です。どなたも満足してくださいます」

大臣はイヤリングを揺らし、声を弾ませて勧誘に努められる。ヨーロッパからの観光客も多くなっているそうである。

私は予習済みで、お国の位置はわかっていた。アフリカ大陸のまん中あたり、地図ではすぐ下にジンバブエがある。滝はそのジンバブエとの国境にあって、世界遺産にも登録されている。滝幅は一七〇八メートル、百メートルを超える落差を一分間に五十五万立方メートルの水量がザンベジ渓谷へ垂直に落ちているのが、一年中見られるそうである。

「雨期後の二月からの水量がもっとも多くて、近くでは雷のような音が響きます」

大臣の滝自慢が加速する。

古く近くに住むコロロ族の人々は「轟《とどろ》くようなけむり」と表現したそうである。観光案内では「世界最大の水のカーテン」と称されているが、私は「轟くようなけむり」の方がいいなあ。

美人大臣は刺繍の美しい胸元を大きく開けたロングドレスに、お揃いの布を配したターバンのような帽子を被っておられる。あちこち会場におられるザンビアからの女性の頭にも、布が帽子状に飾られていて美しい。

カルサという首都は、気温の平均が一月で二十度ほど、七月で十六度前後だそうで、「日本は暑い」と思われるのは当然であろう。アフリカでは中央部の高地なのである。

識字率は今も低く、七三もの部族があるそうだから、そのなかでの大臣は、エリートのなかのエリートであるにちがいない。

滝の落ちるザンベジ川の近くにはリビングストーン市がある。リビングストーンの名は、昔歴史のなかで学んだ。ビクトリアの滝も、ビクトリア湖もそのリビングストーンの発見なので、都市の名にもなっているという。

感染症も多く乳児死亡率が高くて、平均寿命が四十歳未満と聞いて、

「それでは、今の私たちのような体験はザンビアでは無理ね」

と、考えもなしに口走ったから大変。口惜しい思いをした。

「ばかだなあ。誰もが四十歳までしか生きられないということではないよ。子どもの死亡率が高いから、平均するとということだ」

と夫。ごもっとも。数字が出てくると私の思考は怪しくなって、実は滝の規模も数値だけでは実感できない。

主食はトウモロコシを粉にして練ったようなものと聞いたが、美人大臣は、

「ダイエットしていらっしゃるのかしら」

と囁かれるほど召し上がらない。お国の諸々の事情を知ると、ダイエットなどの語はないであろうから、熱心に外交に励んでおられるのであろう。

「どうぞ、ほんとうにビクトリアの滝を見に来てください」

と、金のイヤリングを揺らして、再度誘ってくださる。外国旅行は一度っきり。経験の不足を不安と伝えると、

「私にお声をかけてくださったら万事大丈夫です。ご心配はないようにいたします」

と勧誘の笑顔が続いた。

滝、見たいなあ。でも遠い。

飛行機は世界を狭くしたというけれど、直行便はない。乗り継ぎ、待ち時間を入れて指折ると、ふうっ！とため息が出る。体力的な年齢制限がありそうで恨めしい。

「へえーっ」

と、あちこちでポケットを探って十円硬貨を眺めだした。ザンビアは銅の埋蔵量が多く、日本の十円硬貨の一部にも使われているそうなのである。

一九六四年の東京オリンピックの折り、入場行進は「北ローデシア」として歩き、閉会式は「ザンビア共和国」で行進をした国と知ったことが、私にはいちばん印象深い。白黒テレビの中継を、よちよち歩きの長男を膝に抱えて眺めていた。

それでもやっぱりこの夜の話題の中心は、ビクトリアの滝。はや観光を体験した人をみなで羨んだ。

「見たいでしょうね」

と、あの方、この方が言ってくださる。

見たい、見たい。水しぶきが身体のなかを巡るような気までする。けれど、

「出かける前に予防接種が要るよ。そのための体力が要るんだ。耐えられるかなあ。難しいかもしれないねえ」

案じられているとわかっていても、夫から「待った」がかかると口惜しい。

ザンビア、ザンビア、ビクトリアの滝！

タフな美人大臣は、金のイヤリングを揺らして観光への集客に忙しい。

山羊の爪の楽器

イグアナ……………ガラパゴス諸島
インカ帝国…………南米アンデス
野口英世……………黄熱病のワクチン
ダーウィン…………進化論

クイズの答えなら私は正解であろう。けれど、それぞれのエクアドル共和国とのかかわりは、意識したことがなかった。

今夜は、そのエクアドルとの交流の宴。それにしても遠い国である。

「エクアドル」はスペイン語の「赤道」の意で、その名の通り赤道直下に位置する。クスコに次ぐインカ帝国第二の都市キトが首都。そのキトから二十四キロのところに「赤道標識塔」が建っているそうで、お国紹介の立派な写真集で塔の形も覚えた。

「黄色は富と太陽と田園、青は空と海とアマゾンの川、赤は独立のために流された血の色です」

誇らし気な国旗の説明。

「見てください。中央の紋章はアンデスの鳥コンドルです」

「あら、紋章のない旗も見かけましたけれど」

と私。

「ああ、紋章のあるのは政府機関と軍のみが用います」

と、あっさりの説明。私たちの感覚では理解が難しい。国歌は「国歌」といって題名がないそうで、国歌「君が代」とか、国歌「星条旗よ永遠なれ」になじんでいる者には、こちらもちょっと不思議である。

「あなたがこのお国へ行かれたら大変ですぞ」

と、おどす紳士あり。

「?」

「とにかく高地の国なんです」

と、力が入る。男性の体験者の話は面白い。飛行場も高地で、飛行機のなかで気持ちよくお酒をたしなんだ人は、

「まあ、三十歩だねえ。三十歩も歩くとふらふらと足をとられる。高山病にかかっちゃうんだね

え」


私はお酒はいただけないから大丈夫、と安堵したのに、

「二千メートルを超える高地なんです。首都キトは標高二千八百メートルですよ。富士山だ」

と、追加されてはすくんでしまう。

「水の沸点が八十五度ですからね」

で、いっそうすくむ。

「じゃあ、ゆで玉子を作るのは難儀ですね」

と、言ってみたかったけれど、子どもじみているようで、やめにした。山の上での飯盒炊飯を描いてみたのである。

大使夫人は、

「日本は遠いですね」

とおっしゃる。地図で確かめた私も、

「エクアドルは遠いですね」

と返して、親善を深める。


南アメリカ大陸の北西部で本州と九州を合わせたくらいの国土に、人口は日本の十分の一。あの

世界自然遺産第一号のガラパゴス諸島はこのお国であった。イグアナの姿はテレビ画面で幾度も見ている。

「チャールズ・ダーウィンがこの島を訪れて『種の起源』を発表したのです」

と、スペイン語の通訳を通しての教示。下調べの折り私は、

『種の起源』とダーウィンはつながるのに、ガラパゴス諸島といえばイグアナしか知らなかったわ」

と不覚を悔いたのだった。

宴のはじまりの歓迎のことばで、夫はイグアナに触れ、ダーウィンに触れ、野口英世に触れた。

「よく勉強しましたね。えらいえらい」は心の内。

「みなさんが日頃食べているバナナの五本に一本はエクアドル産です」とも。

夫はバナナ好きで、私は留守にする折り、必ずバナナを忘れない。これからはエクアドル産を確認しよう。

「日本とのつながりは深く、昨年も国をあげて野口英世をテーマに文集を作りました。キトの街には博士の胸像もあちこちにあります。通りにもその名がついています」

主賓の大使が挨拶で日本とのつながりを強調された。

「そうなんですよ。私たちは日本にとても親しみを持っています」

いかにもスペイン系のお顔立ちの夫人は、むろんスペイン語である。

エクアドルでは今も忘れられていない野口英世が、日本では過去の人ではないかと不安になった。私たちの子どもの頃は教科書でも習ったし、息子たちは伝記本を読んでいた。そうそう、生い立ちを映画でも観たっけ。

「これはこの地の食べ物です。いかがですか」

私は話題を変えて夫人にすすめた。通訳嬢は上手にすすめてくださったようで、

「美味しいですよ」

と、お箸も上手に使ってきしめんを食べられる。油揚げも食べられたが、味覚に合ったのであろうか。友好への努力であったのかしら。お寿司も天むすも召し上がる。

「奥さま、十一月に東京で南米の集いがあります。是非出席してください」

と誘われる。

「ありがとうございます。都合がついたら伺います」

「都合はつけてください。必ずお招きしますから」

と重ねられた。

「？」

どこのお国も「自国へどうぞ」と誘われるのであるが、今回はそれがない。あまりにも長い旅程と高地を考えて、私の白髪頭を案じてくださったようである。私の知人には先頃マテュプチへの旅をされた方もあり、健康に自信がないのが口惜しい。

宴半ば、人の流れに異変、ひとところに集まっていく。ミスエクアドル登場。ついさきほどまで難しいお顔であったおじさんたちも、長身の美女を追って、カメラに一緒におさまっておられる。

ほんと、美女。笑みも清々しい。

「インディオの血が混じるので、エクアドルは美女が誕生するのです」

「そうそう、ミスユニバースにも選ばれますよね」

と美女談義。

イグアナもダーウィンも、野口英世も、目の前の美女にはかなわない。美女は友好的で、

「どうぞ」

と、夫と私の間ににこやかに立って、ハイポーズ。美女と爺、美女と老婆、なんといえばよいのであろう。

アトラクションの音響は、どこか懐かしいアンデスの響きであった。

「サイモンとガーファンクルの世界ですね」

「『コンドルは飛んでゆく』に似てますよ」

とはおじさま方の声。

ケーナという笛は知っていたが、めずらしい楽器がある。半透明のアクリルの曲がった一片に見えるものが、ぶどうの房のように束ねられ、皮の紐で吊ってある。上下に揺らすと、カシャカシャが少しくもったような音がする。

「それは何でできているのですか」

終演時に尋ねると、

「山羊の爪です。どうぞ」

アクリルではなかった。

私の手でも、カシャカシャ。軽い。パナバ帽の似合うこの好青年は、日本人妻と九州に十二年暮らして、アンデスの音を披露しているそうである。日本語もお上手。

「もう四度も息子のところに来ました」

と、民族衣裳の老婦人がお母さん。

遠い遠い国が、ずいぶん近くに感じられた。

サマセット・モームの眺めた夕陽

ええ、よく存じていますよ。

訪れたことはなくても、とても近しく感じる国のひとつである。

当地には中部シンガポール協会という集いがあって、夫が仲間入りをしている。私も家族会員として参加することも多い。そんな折りは、互いの国の国旗を掲げ、国歌を唄ったり聴いたりもするので、馴染み深い。この文化交流の会は、留学生を招き、シンガポールや近隣からの若い方々にも出会う。

「ああ、ほっとする懐かしい姿」

とくに若い女性の表情や仕草は、私が幼かった頃の日本の女性にとても似ている。

今宵のシンガポール共和国との交流の宴に先立って、私は過日万博会場のシンガポール館を見学した。

「館内には傘を広げてお入りください」

との助言。

「今日のように雨の降っている日がかえってうっかりするのですよね」

「そう、館に入るとき閉じちゃいますもの」

後ろの女性ふたり連れの囁き。

スコールの出迎えを受けた。忠告通りに傘を広げていたので、私は大丈夫。

「いやあ、激しいね」

と、すっかり濡れた人もいる。傘に当たる雨音は大きい。雷鳴も。大粒の雨はアクリルの熱帯植物を叩いて、やがて小雨となり、新緑の香りの霧が現れ、光が射す。

「スコールはほんとうにこんな速さで上がるのですか」

案内の方に尋ねると、

「実際はこんなに速くはありません。でも晴れる瞬間はこんな感じです」

と、雫の垂れる天井の空を眺めあった。

「都市国家」「庭園都市」「東南アジアの星」などの美しい呼称を持つお国である。近々の島を合わせても淡路島くらいの面積だそうである。私のなかのイメージはもっと大きくて、

「ほんとうにそうなのですか」

という感じである。

「すごいでしょ」

と自慢されたのは、両壁面を埋めている漢方薬のチップ。動植物の薬用となるものがすべてそろっているそうで、粉あり粒あり、木片様のものありで、透明なプラスチックの容器に入っている。おみごと。混ざりあって不思議な匂いが漂っていた。古くからの人の智恵と眼力の結晶なのですね。

この国は中国系が三分の二、あとはマレー系、インド系の民族構成で、会場展示もそれぞれの民族を並べた形で示されている。

シンガポールを実際に訪れた人は、

「近代都市です」

とおっしゃるけれど、展示は民族的な雰囲気が強い。

「お時間があればいかがですか」

一隅に京劇の衣裳が並び、舞台化粧も体験できる。私の年齢では、皺が邪魔して難しかろうと却下して先へ。

階段を上った先にラッフルズホテルのバーカウンターが模してあった。イギリスの植民地時代、このカウンターに腰かけて海の上の夕陽を眺めていたというのは、イギリスの作家ウイリアム・サマセット・モーム。青年の魂の発展を描いた「人間の絆」、ゴーギャンの伝記にヒントを得たという「月と六ペンス」、高校時代の愛読書であった。懐かしい。「剃刀《かみそり》の刃」というのもあったっけ。

「今でもこのホテルで同じように夕陽を眺めることができますか」

「ええ」

現在もモームルームとして、当事の調度品もそのまま使用されているそうである。

いいなあ。モームと同じ場所で、同じように夕陽を眺めたい。恥ずかしながら、どこかに少女の私がいる。

ほかにもチャップリンが宿泊した部屋もそのままということであるが、私はモーム。

「今もほんとうにそのままですか」

と、念を押す。

「ええ」

「私が行ってもその部屋に泊めていただけますか」

「もちろん。ただし、そういうお部屋は追加料金が要りますけれど」

へそくりに精出さなくっちゃ。私はお酒は飲めないけれど、あのカウンターから夕陽を見るの。

「どうぞ」

淡いブルーのカクテル。

「お酒いただけないのです」

「大丈夫です。これは甘口でさっぱりしています。女性に人気です。お酒だめの方もＯＫ。これがシンガポール・スリングです」

「まあ、美味しい」

「でしょ。スピリッツに甘みと酸味を加えて、水で割ってあります」

モームのバーカウンターでは、これにいたしましょう。


夜の宴の主賓の大臣はお若い。大使館は東京であるが、領事館は大阪にも当地名古屋にもある。直行便も、東京、名古屋、大阪、福岡から出ている。交流の深い国で、チャンギ空港はコンテナの数を誇り、日本からの企業進出も六十二社とか。今宵はその関連企業からの出席者も多い。

「空港のコンテナの高さで経済が読めます」

と、若い外交官はお元気である。

何年か前、前任の首相が来日、来名の折りご一緒をしたが、きれいな英語を話された。その折り

に当市に記念に贈られた蘭が、会場の一隅に運ばれていて、

「これですか」

「これね」

と、ひととき話題となる。日本で改良されて大きく華やかになった蘭に比べると、自然の姿が濃い。贈呈を受けた折りの首相との記念写真を、夫はシンガポール館の壁面を飾るブックケースに収めていた。シンガポールとの記念の品をブックケースに収めて、館の一室は天井まで本棚となっていたが、子どもたちの交流の品も同列で並んでいる。ひとつひとつは小さな個人のかかわりなのに、部屋全体が交流のかたまりになっている。手に取って眺めている小学生の姿もあった。なかなかのアイデアである。

アトラクションも、三民族公平で、エキゾチックな獅子踊り風はマレー系。中国系は京劇風、インド系の踊りは指先の動きに特徴があって、手も足も節々を折るような動きの踊りで、額中央の丸い飾りと、長いスカートの色柄がインドのイメージであった。

「三民族それぞれの踊りです。シンガポールは三つの民族の和がなんでも基になっています」

耳もとで教えてくださったのは、万博会場の女性館長さんで、インド風の民族衣裳である。

「おいでくださったとき、私は東京でしたから、もう一度来てください。お見せしたいもの、説

明したいことがたくさんあります」

熱っぽく話される方で、

「シンガポール・スリングも賞味させていただきました。美味しかったです」

と、私も親善に努め、再会の約束となった。

「中部国際空港から週二便乗り入れがあります。すぐですよ。是非、是非お国に来てください」

「まだシンガポールへ来ていただいてないのですか」

と、私の未体験が民族衣裳の方々に伝わって、たくさんの方が誘ってくださった。

訪れたい国が増えていく。

なんといっても、あのバーカウンターで、モームと同じように夕陽を眺めなくっちゃ。

ゴールデンシャワー

「あれはラーマキエン物語です」

通訳の女性はタイ暮らしが長く、なんだって詳しい。

「ラーマキエン？」

私には先刻の舞踊の続きと見えたが、舞台の上は美女の舞から変わっている。金銀で飾られたエキゾチックな衣裳に被《かぶ》りものと一体になった面をつけ、武具もつけた男性たちである。

「ほら、あの白いほうがラーマー王子で善、黒いほうはトッサカンといって悪なのです」

善の王子は悠々の動作で悪を組み伏せる仕草である。

「ね、似ていますでしょ。日本の桃太郎の原形ともいわれているのです」

「はあ、桃太郎ですか。あの鬼退治の？」

「ええ、トッサカンが鬼の役です」

善が悪を滅ぼすストーリーは、どこでもある発想なので、そういわれればなるほど。

「桃から生まれるというところは、日本独得なんですよね」

と、心の内でつぶやく。

舞台は次々と移っていく。みな興味深い。

美しい舞い手は掌を反らせ、指を反らせて腰を軸にしてゆっくり舞う。指の先に付けた飾りの爪は、十センチをゆうに超えて見える長いものもある。西洋の芝居などで爪の長いのは不気味なのに、ここでは美女をいっそう美しく見せている。タイシルクのロングドレスが眩いほど。脇のスリットからちらと見える脚が神秘的。

いいなあ。

この国では、少し両ひじを張って両手を合わせるフイと呼ばれる合掌をしての挨拶があるが、このポーズは女性をひときわ優雅に見せる。

タイ王国との交流の宴の主賓の大臣は、鮮やかなトルコブルーの半袖の上着。シャツとは違う。日本の男性では、わが夫を含めてこの鮮やかな色は無理だけれど、大臣は長身でお似合いである。

日本の琴の演奏にも聴き入られる日本通で、

「私の国にもそっくりの楽器があります」

と、笑まれる。

「同じように弦を持ち上げて、爪をつけて弾くのですか」

「そうです」

「あのように長い形で?」

「大きさも同じくらいですね。チャケといいます」

と、通訳女性が加えられた。

大臣は、

「日本の映画も好きですよ。観ていますよ」

「映画館で上映されているのですか」

と問えば、

「ええ、映画館でも観ましたし、テレビでも観ました」

続けて、

「サンシロウ、ミヤモトムサシ、○○○○、△△△も観ましたよ」

と、親善に努められるが、○○○○、△△△はよくわからない。

「剣道、柔道、知っています」

私もタイがシャムと呼ばれていた頃から、美しい、神秘的な国であるとイメージしていたので、そのことを伝えるが、通訳を通さねばならないのが、口惜しい。遠い日、少し離れた川の向こうの大きな西洋館のお邸には、シャム猫が飼われていて、捨て猫であったわが家のブチとは大ちがい。

「ねえ、ブチ！　シャム猫はきれいね」

と、小学生の私は、わが猫と比べていた。

舞台はそのタイの民族芸能が続く。欠かせないのが「ソー」という共鳴箱に椰子の殻が使われているという楽器。弦の数、音の高さでソー・ドゥアング（高音用二胡）、ソー・サームサーイ（三弦胡弓）、ソー・ウー（低音用二胡）と、とっさに差し出した懐紙に、通訳女性がメモしてくれた。どれも音色は少しもの悲しさを帯びている。

「『ソーを奏でて水牛に聞かせる』という諺があるのです」

「？」

「日本なら『馬の耳に念仏』ですね」

どこのお国でも同じような発想があることを、また確認できた。通訳女性はもの知りで嬉しい。

それにしても舞いの女性は美しい。

お隣にも負けない民族衣裳の女性が、

「いかがですか。お楽しみいただいていますか」

とたどたどしい日本語。

「ええ、あのー、お国にはゴールデンシャワーという木がありますね」

「ええ、ご覧になったのですか」

「万博の会場で見て、とても気に入りましたの。房になった見事な黄色い花、ゴールデンシャワーなんて素敵な名、どなたがつけられたのでしょう。いつ頃咲きますか」

と私も親善に努める。

「五、六月頃ですね。お気に召したのですね」

「ええ、とても。咲いているのを見たいです」

私も調子がよい。でも本音。

小さな葉が数枚集まって一枚の葉になっている。黄色い花は下を向いて房になって垂れている。花が多くて葉はあしらいに見える。

「万博会場のゴールデンシャワーは香りがありましたか」

「かすかに」

「街中で咲いている頃はとてもよい香りですよ」

いいなあ。いいなあ。

「ご覧にいらっしゃいませ」

「ほんとうに見たいですね」

の会話は、伝言ゲームのように伝わって、

「ゴールデンシャワーを見に来てください」

「ご案内いたします。是非」

「これが私のケータイの番号です。お待ちしています」

と、親切な申し出が次々囲んでくださった。

しばらくはゴールデンシャワーの夢を見そう。

植林がいるのですか

「お国では植樹の日があるのですね」

「ええ、一年に一度、植樹の日があります。ひとり一本、木を植える日です」

「でも、お国は熱帯雨林気候で、緑はいっぱいではないのですか」

多くがジャングル、の私の乏しいイメージが支えきれない。

万博のナショナルデー、今日はコンゴ共和国との宴で、私はアフリカ共同館の一隅にある展示も見学ずみである。壁面のパネルには、たしかに熱帯雨林の写真があり、大西洋に面した港から木材を積み出す写真もあった。それなのに、どうして？

「木材の輸出も今は停滞しています。内戦と武力の衝突がくり返されましたし、近隣を含めて伐採が進んで、緑はなくなっているのです」

「？……」

「二〇四〇年までにコンゴ盆地の七割がなくなってしまいそうなのですよ」

「七割ですか」

「それで、今年二〇〇五年二月、首都ブラザビルに中央アフリカの国の首脳が集まりました。コンゴ盆地の熱帯雨林を保護するため、はじめての国際条約を締結したのです」

コンゴの公用語はフランス語で、通訳は淡々と伝えてくれるが、女性大臣は熱弁である。

「ガボンとかカメルーンの国もそのお仲間ですか」

と私。にわか勉強で得た知識で話題をつなぎ、親善に努める。地理の予習もした。コンゴ共和国はアフリカ大陸の中西部で、北がガボン、さらに北がカメルーン。間に「赤道ギニア」という小さな国がある。

「そうです。ほかに隣のコンゴ民主共和国、サントメ、プリンシペ、中央アフリカ、ルワンダ、ブルンジ、チャドなど十か国です」

通訳の方も少し詰まられたが、私が聞きとれたのは、ルワンダとチャドの二国だけであった。そうそう、コンゴ共和国の東隣はコンゴ民主共和国、以前はザイールといった国。もっとずっとさかのぼって、十五世紀まではどちらもコンゴ王国としてひとつであった。植民地時代、東はベルギー、西はフランスの領土となって分かれてしまったのである。ひとりひとりの人たちには、どんな心の軌跡があったのであろう。そういう歴史が内戦や武力衝突の種になっていると思うと、他国のことでもせつない。

「大臣も数奇な運命を乗り切られた方」と教えてくださる方もあったが、

「自然を守るのがコンゴの使命です。コンゴの語意は『山』です」

と毅然と力強くおっしゃるから、そういう個人的なことは話題から遠くする。

「植樹は功を奏していますか」

と私。

「少しずつ緑が回復しています。小さな努力が大事です」

と笑まれる。スカートの下の脚がのびやかである。モデルさんのような作られた様子のない健康的な美しさである。私はもうひとつ大臣の形のよいところに目が止まっていた。それはお尻の形と高さ。ウエストの続きで、後ろにぴんと突き出ている。スカートをはいても着物を着ても、私がぺちゃんこを気にしているところである。羨ましい。

温暖化防止のためのエアコンの温度設定のこと、自動車の排気ガスのこと、などなど夫とも熱っぽく話される。

「説明好きな大臣だ」

が夫の評。私は数字アレルギーではないかと思うほどなので、数字をいっぱい挙げられるのに敬服。

夫はお昼の集いで唯一名前を覚えたコナさんというお相手を見つけて話している。

私も万博会場で案内、説明をしてくださった長身の青年ふたりと再会を果たした。黒いお肌を黒いスーツできりりと包んで、笑顔から白い歯がもれる。コンゴ共和国館の館長さんと副館長さんであった。

「会場で観た現代彫刻のグレーの素材が印象的でした」

と私の親善表現。

「ああ、壁にあったマスクや立像ですね。コンゴ原産の木です。染めたのではありません。グレー・エヴァンです」

黒いのもあって、ブラック・エヴァンということもこっそり教えを請うてある。

「ピグミー族もお国の方ですね」

会場には背比べのように数人が並んだ可愛い写真があった。

「そうです。大きい人でも一二〇センチまでですね」

と私の目の高さに手を広げられた。

「コンゴの人はおふたりのように大きい方ばかりかと思っていました」

「わたしたちは大きくなってしまいました」

と明るい。なにで知ったのか、仲間の渾名にもなっていて、私は中学生の頃からピグミー族を知っていた。

このおふたりとも、もう次に出会うことはないであろう。

「ごきげんよう」

と力強い握手を交わしたけれど。

エボラ出血熱という国際指定伝染病が発見された国でもある。広島の原爆はベルギーの植民地であったコンゴのウラニウムが、ベルギー経由でアメリカに渡ったものだとか。

知るということには、辛いことも含まれる。

内戦、衝突を抱えながらの万博参加は大変であったろう。多くの国の方が、

「是非わが国へ来てください」

「わが国の○○をお見せしたい」

と誘ってくださったけれど、環境問題を熱っぽく語る大臣も、

「わが国へどうぞ」

とはおっしゃらなかった。誘うことのできるのは幸せ多い国であろう。私のなかでひとつの物指しができた。

あとがき

日々出会うことのなかに楽しみを見つけて、書き綴ってきました。

これまでは思い出に目を向け、身辺をちょっぴり辛く眺めてきましたが、今回は人生の下り坂の風景を楽しむことにしました。

「老いもいいものですよ」

と、言ってくださる方もあり、「悪くないな」という実感で眺めた景色です。

多くの人に遅れて初体験をした海外旅行で、心を遊ばせてくれたことごとも加えました。

また、「愛・地球博」、当地の万博を、私の窓からのぞいた風景も添えました。

今回も、表紙とカットは大島國康さん、アドバイス、編集、本にしてくださったのは山本直子さんです。お世話になりました。

お読みくださったおひとりおひとりに、心より感謝いたします。

平成十七年九月

松原喜久子（まつばら　きくこ）

旧満州国撫順市に生まれる。

子育てのなかで児童文学と出会い、自らの体験を昇華させた「ひみつシリーズ」を完成させる。

夫が市長になって八年。忙しい夫とのふたりだけの生活にも慣れ、近々は、ことばだから表現できる世界をと、身辺観察を楽しむ。

主な作品に、『鷹を夢見た少年』（文溪堂）、『おばあちゃんのひみつ』『おひなさまのひみつ』『あの海のひみつ』『時のとびら』『えんどうの小舟』『花恋い』（ＫＴＣ中央出版）など。

日本ペンクラブ、中部児童文学会会員。

ゆるやかな時間

２００５年11月９日　初版第一刷　発行

著者　松原喜久子

発行者　ゆいぽおと
〒４６１-０００１
名古屋市東区泉一丁目15-23
電話　０５２（９５５）８０４６
ファックス　０５２（９５５）８０４７

発売元　ＫＴＣ中央出版
〒１０７-００６２
東京都港区南青山６-１-６-201

印刷・製本　モリモト印刷株式会社

内容に関するお問い合わせ、ご注文などは、すべて右記ゆいぽおとまでお願いします。

乱丁、落丁本はお取り替えいたします。

JASRAC 出0514096-501
ISBN4-87758-402-1 C0095

ゆいぽおとでは、
ふつうの人が暮らしのなかで、
少し立ち止まって考えてみたくなることを大切にします。
テーマとなるのは、たとえば、いのち、自然、こども、歴史など。
長く読み継いでいってほしいこと、
いま残さなければ時代の谷間に消えていってしまうことを、
本というかたちをとおして読者に伝えていきます。